KB105105

천마님,
부활
하셨도다

천마님, 부활하셨도다 6

정영교 新무협 판타지 소설

초판 1쇄 찍은 날 § 2017년 6월 16일
초판 1쇄 펴낸 날 § 2017년 6월 23일

지은이 § 정영교
펴낸이 § 서경석

편집책임 § 신보라
편집 § 최하나

펴낸곳 § 도서출판 청어람
등록번호 § 제387-1999-000006호
등록일자 § 1999. 5. 31
어람번호 § 제2-2709호

주소 § 경기도 부천시 부일로 483번길 40 서경B/D 3F (우) 14640
전화 § 032-656-4452 팩스 § 032-656-4453
http://www.chungeoram.com
E-mail § chungeorambook@daum.net

ISBN 979-11-04-91366-2 04810
ISBN 979-11-04-91193-4 (세트)

천마님, 부활하셨도다

정영교 新무협 판타지 소설
FANTASTIC ORIENTAL HEROES

6

도서출판 청어람

선마법, 부활하였도다

39장

절곡의 비밀

핏기가 없는 파란 피부, 날카로운 이빨, 그리고 동공조차 없는 붉은 눈은 섬뜩하기 짝이 없었다.

상류 쪽에서 만난 괴인들보다 흉측하지 않았는데도 오히려 더욱 위험한 느낌이 들었다.

'대체 이 괴물은 뭐지?'

급하게 막기는 했지만 창천검을 두려워하지 않았다.

여태까지 마주친 괴인들은 창천검에 닿기만 해도 경기를 일으키며 취약해졌다.

그러나 이 파란 피부의 괴인은 달랐다.

비록 방어를 위해 창천검을 출수한 것이지만 그것에 부딪치고도 강한 적의를 드러내고 있었다.

그리고 또 다른 문제는.

파파팍!

순식간에 신형을 좁힌 파란 피부의 괴인이 묵직한 권초를 펼쳤다.

마구잡이로 권을 휘두르는 것이 아닌, 제대로 식을 갖춘 초식이었다.

"칫!"

"조심해요! 무공을 쓸 줄 알아요!"

괴인의 다음 목표는 모용월야였다.

설유라의 경고에 모용월야도 긴장의 끈을 놓지 않고 검초를 펼쳤다.

채채챙!

"이, 이게 무슨……!"

괴인의 권초와 모용월야의 검초가 부딪치자 쇳소리가 나며 검날이 심하게 떨렸다.

마치 쇳덩어리나 암석에 대고 검초를 펼친 느낌이다.

"크윽! 이놈, 너무 단단하잖아!"

"검기를 써요!"

설유라의 외침에 공감한 모용월야가 내공을 끌어 올리며

검에 집중했다.

그의 검이 하얀 검기를 발했다.

"크아아아아!"

마치 검기를 알아보기라도 한 것처럼 괴인이 거친 포효를 내뱉었다.

찌릿찌릿!

"윽!"

내공으로 몸을 보호하는 설유라와 모용월야는 괜찮았지만 군관 임태평은 아니었다.

고막에 손상이라도 갔는지 귀에서 피가 흘러내렸다.

임태평이 괴로운 표정을 짓고 귀를 틀어막으며 엎드렸다.

"빌어먹을 자식! 그만 소리 질러!"

모용월야의 신형이 허공으로 솟구치며 패도적인 기세로 검초를 펼쳤다.

그의 검에서 뻗어 나온 검기가 수십 갈래로 갈라져 파란 피부 괴인의 요혈로 쇄도했다.

그러나.

"이런 미친!"

파란 피부 괴인이 걸치고 있는 상의가 찢겨져 나갔을 뿐 멀쩡했다.

타격조차 보이지 않고 멀쩡해 보이자 모용월야는 어떻게 해야 할지 망연자실해졌다.

"모용 공자, 비켜요!"

"헛?"

설유라의 외침에 놀란 모용월야가 본능적으로 옆쪽으로 신형을 날렸다.

그 순간 검기가 실린 설유라의 날카로운 검초가 괴인을 향해 쇄도했다.

까강!

"아앗!"

괴인은 금강불괴라도 되는 듯 피부가 매우 단단했다.

오히려 공격을 한 설유라가 괴인의 알 수 없는 잠력에 튕겨져 나가고 말았다.

'통하지 않는 건가?'

주르륵!

그러나 결과는 달랐다.

괴인의 가슴에서 진득한 파란 핏방울이 흘러내렸다.

'통한다!'

내심 통하지 않으면 어쩌나 걱정했는데, 창천검에 기가 실리니 상처조차 생기지 않을 것 같던 괴인의 피부가 베어졌다.

"크와아아아!"

상처를 입은 것에 분노한 것일까. 괴인이 괴성을 내질렀다.

하지만 공격이 통한다는 것을 안 이상 더는 두렵지 않았다.

설유라가 한창 파란 피부의 괴인과 싸우고 있을 무렵, 그들
이 싸우고 있는 계곡의 가파른 언덕 위로 누군가가 경공을 펼
치며 나타났다.

검은 피풍의를 입은 그는 절명단의 이 단주 호정이었다.

호정은 계곡 쪽에서 벌어진 사태를 보며 당혹감을 감추지
못했다.

'아뿔싸, 벌써 귀강시를 만났구나.'

설유라와 모용월야가 상대하고 있는 괴인은 일반 강시를 넘
어선 귀강시(鬼僵尸)라는 존재였다.

귀강시를 만나기 전에 서둘러 왔건만 이미 만난 후였다.

호정은 언덕 위에 몸을 숨기고 조심스레 상황을 살폈다.

'그래도 창천검이 대단하긴 하구나. 귀강시의 몸에 상처를
내다니.'

일반 강시와 달리 오랜 세월 숙성된 귀강시는 그 육신이 금
강불괴(金剛不壞)에 가까워진 괴물이다.

더군다나 귀강시는 보통 사람도 아닌 무림의 고수가 강시가
된 것이기에 극도로 위험한 존재였다.

'계집이라도 검선의 후예라는 건가.'

상황을 보니 얼마 있지 않아 귀강시를 제압할 수 있을 것

같았다.

다행이라고 할 수 있었다.

호정은 설유라를 절곡 바깥으로 내보내라는 명을 받고 부리나케 계곡의 중류로 거슬러 올라왔다.

'저놈들에게는 혼명향(魂命香)도 통하지 않아.'

혼명향은 강시들을 조정할 수 있는 분향으로, 조직에서 강시들을 통제하기 위해 만든 것이었다.

문제는 이 혼명향으로 통제할 수 있는 것이 고작 일반 강시에 불과했다.

귀강시는 의외로 자의식이 강해서 혼명향으로 통제할 수 없었다.

'저들이 저 귀강시를 제압하면 망혼향을 뿌려서 밖으로 유도해야겠다.'

망혼향을 뿌리게 되면 강시들이 그 사람을 인지하지 못하게 된다.

조직의 사람들이 이곳을 활보할 수 있던 것도 망혼향을 뿌렸기 때문이다.

그런데 모든 것이 의도한 대로 되는 것은 아니었다.

"젠장!"

호정의 입에서 거친 소리가 튀어나왔다.

반대편 계곡 위로 검은 인영이 몰려들고 있었다.

그것을 모르는 설유라와 모용월야는 합공으로 귀강시를 상대하며 최후의 일격을 날리고 있었다.

"설 소저, 지금이에요!"

채채채채챙!

모용월야가 절묘한 검초로 검망을 만들어냈다.

모용월야의 검기가 상처를 내진 못했지만 귀강시의 움직임을 봉했다.

"잘했어요, 모용 공자!"

설유라가 창천검으로 내공을 일으키며 유성검법의 절초를 펼쳤다.

제오 초식 검우유성(劍雨遊星)이었다.

그녀의 검초가 유성의 비가 되어 귀강시에게 쇄도했다.

콰콰콰쾅!

유성검법의 놀라운 위력에 초식을 펼치는 당사자인 설유라 역시도 놀랐다.

창천검, 유성검법, 선천공이 이루는 절묘한 조화는 설유라의 손에서 펼쳐지는 초식을 극대화시켰다.

초식이 빗겨 나간 곳에 가히 검강에 버금갈 만큼의 검흔이 생겨났다.

워낙 강한 초식의 위력 탓에 자갈로 이루어진 땅에서 먼지가 피어올랐다.

"제발······."

이윽고 먼지가 가셨다.

설유라의 얼굴에 화색이 돌았다.

검우유성에 온몸이 갈가리 찢겨 나가 넝마가 된 귀강시가 쓰러져 있었다.

"아아, 물리쳤구려!"

아픈 귀를 붙잡고 두려움에 빠져 있던 임태평이 안도의 숨을 내쉬었다.

그런 임태평의 뒤편으로 무언가가 떨어졌다.

쿵!

"엇?"

임태평의 눈에 자신을 바라보며 뭐라 소리치는 설유라의 모습이 보였다.

고막이 손상되어 제대로 들리지 않았다.

"설 소저, 뭐라고 하는······."

바로 그 순간.

콰득!

"끄어어억!"

임태평의 목덜미를 누군가 날카로운 이빨로 물어뜯었다.

차가운 이빨이 닿으며 목뼈가 통째로 뜯겨져 나가는 순간 임태평의 시야가 검게 물들었다.

살아남기 위해 갖은 애를 쓰던 군관 임태평은 결국 절곡에서 어이없는 죽음을 맞이하고 말았다.

쿵! 쿵! 쿵!

계속해서 뭔가가 계곡 위에서 떨어졌다.

그것은 제각각 다른 얼굴을 가진 파란 피부의 귀강시들이었다.

중년의 남자를 비롯해 낡았지만 도사의 복장을 한 젊은 청년, 옷을 거의 벗다시피 한 요염한 얼굴의 여자.

도대체 몇 구의 귀강시가 떨어지는지 짐작도 되지 않았다.

"빌어먹을……."

그들의 주위를 둘러싼 수많은 귀강시에 욕이 나올 지경이다.

산 넘어 산이라는 말도 모자랐다.

그야말로 최악이라 할 수 있는 상황에 모용월야는 망연자실했다.

꿀꺽!

설유라가 하얗게 질린 얼굴로 침을 삼켰다.

고작 귀강시 하나를 상대하는 데도 둘이 합공하면서 진땀을 뺐다.

그런데 이 정도 수라면 답이 없었다.

'아아, 이대로 끝인 건가.'

"크르르르르!"

짐승 같은 울음소리를 내며 귀강시들이 사냥감을 몰아넣은 것처럼 천천히 공간을 좁혀왔다.

계곡의 언덕 위에서 그것을 지켜보던 호정의 마음이 다급해졌다.

망혼향을 뿌려 귀강시들은 자신을 보지 못하겠지만, 저 정도로 많은 놈들 사이를 뚫고 설유라 등에게 망혼향을 넘길 자신이 없었다.

'고, 곡주라도 오지 않는 이상……'

이렇게 된 이상 곡주를 빨리 데려와야 할 것 같았다.

그때까지 저들이 버티길 바랐다.

호정이 경공을 펼치려고 하는 찰나였다.

'엇?'

호정의 눈에 굉장히 빠른 경공으로 다가오는 자가 포착되었다.

얼마나 쾌속한지 육안으로 누군지 파악하기 힘들 정도였다.

"이 괴물 놈들!"

놀라운 경공을 펼치며 날아온 정체 모를 자는 곧장 귀강시들을 향해 돌격했다.

폭풍처럼 쇄도해 오는 누군가에 귀강시들의 이목이 집중되었다.

사내의 발에 하얀빛이 맺혔다.

파파파팍!

그때 놀라운 광경이 벌어졌다.

폭풍처럼 몰아붙이는 퇴법에 귀강시들이 사방으로 튕겨져 나갔다.

말 그대로 막무가내였다.

"이게 무슨……?"

모용월야는 자신들을 둘러싼 우측 바깥쪽에 있던 귀강시들이 뭔가에 타격을 받고 허공으로 날려가는 모습에 눈을 깜빡이며 영문을 모르겠다는 표정을 지었다.

"저게… 퇴법이 맞나?"

기이한 각도부터 잔영을 남기며 몰아치는 퇴법은 신기에 가까웠다.

그러나 설유라는 그것이 무엇인지 알고 있었다.

"퇴왕 염사곤 대협!"

귀강시들을 속수무책으로 만드는 쾌속한 퇴법.

그것은 무림에서 유일하게 단 한 사람만이 가능한 무공이었다.

검하칠위의 말석을 차지하고 있지만 무림에서 퇴법으로 일인자라 불리는 염사곤의 광풍퇴법이었다.

"아가씨, 조금만 기다리십쇼!"

놀라운 실력에 비해 경박스러운 말투.

하지만 화경의 고수인 그는 누구보다도 강했다.

'염 대협이 오다니 정말 천운이구나.'

죽음을 직감한 그녀는 내심 안도의 마음이 들었다.

그러나 너무 한눈을 판 것일까.

"크와아아아아!"

반대편에서 거리를 좁혀오던 귀강시들이 설유라를 향해 섬뜩한 기세로 달려들었다.

당황한 그녀는 유성검법의 초식을 펼치며 막으려 했다.

하지만 동시에 달려드는 귀강시들의 몸놀림이 너무 빨랐다.

채채챙!

일부는 막아냈지만 그 사이를 파고드는 것을 막지 못했다.

퍽!

알몸의 요염한 여자 귀강시의 일장이 그녀의 어깨를 강타했다.

"아악!"

마치 내공의 고수가 펼치는 것처럼 그녀에게 내상을 입혔다.

설유라의 입가로 피가 흘러내렸다.

"서, 설 소저!"

놀란 모용월야가 소리치며 그녀에게 달려갔다.

그러나 다른 귀강시들이 그의 앞을 가로막았다.

이 기회를 놓치지 않고 요염한 여자 귀강시가 설유라를 물려고 했다.

바로 그 순간이었다.

콱!

"캬아아아아!"

여자 귀강시가 소리를 질러댔다.

눈을 질끈 감았던 설유라가 슬며시 눈을 떴다.

놀랍게도 누군가가 여자 귀강시의 머리채를 움켜잡고 움직이지 못하게 제지하고 있었다.

"매번 사지로 목을 내미는구나, 계집."

그리워하던 목소리였다.

그동안 수척해진 설유라의 얼굴에 홍조가 가득해졌다.

"사마 공자!!"

그는 바로 천마였다.

퇴왕 염사곤이 절곡에 도착한 시간은 정오를 약간 지난 시점이었다.

정파 무림맹의 본진에서 쉬지 않고 부지런히 경공을 펼쳤지만 결국 설유라를 놓치고 말았다.

수소문한 끝에 절곡 가까이 위치해 있는 절명객잔을 발견했다.

절명객잔의 주인은 이른 아침에 그녀와 모용월야가 절곡으로 들어갔다고 했다.

듣기 싫은 비보였다.

"젠장!"

무림 삼대금지 중 하나로 살아나온 사람이 없다고 알려진 절곡이다.

아무리 화경의 고수라지만 절곡 내로 들어가기가 망설여지지 않을 수 없었다.

"누군 들어가고 싶어서 들어가나. 무슨 불나방이야?"

객잔 주인 노인에게 불나방 이야기를 듣고 말았다.

울며 겨자 먹기로 절곡에 들어온 염사곤은 안개 숲에서 강시들과 조우했다.

그 역시도 처음 보는 강시들에 당황했지만 이내 놈들의 약점이 육신 안에 있는 핵이라는 것을 알아냈다.

설유라를 찾기 위해 절곡을 헤매던 그는 계곡의 중류까지 내려와 설유라를 찾게 된 것이다.

파파파팍!

그의 광풍퇴법 초식들이 폭풍처럼 귀강시들에게 쇄도했다.

광풍퇴법의 가장 큰 특징은 초식의 변환이 빠르고 어디서 어떻게 날아올지 모르는 기이한 공격의 각도에 있었다.

귀강시들이 속수무책으로 그의 초식에 맞고 튕겨 나갔다.

보는 이들이 감탄할 지경이다.

'뭐지? 초식이 적중될 때마다 알 수 없는 반탄력이 느껴진다.'

그러고 보니 이 강시들은 생김새가 달랐다.

얼굴도 괴물같이 뒤틀린 것이 아니라 멀쩡한 사람의 형태를 갖췄다.

단지 다른 점이 있다면 새파란 피부가 꼭 시체를 보는 것 같다는 것이다.

"크르르르르!"

그의 퇴법에 맞고 날려간 귀강시들이 멀쩡하게 일어났다.

심지어 화가 나는지 고조된 울음소리를 흘리며 다시 달려들었다.

"헛?"

어떻게든 물려고 하는 일반적인 강시들과 달랐다.

여전히 그의 퇴법에 맞긴 했지만 어느 순간부터는 피하기도 했다.

퍽!

염사곤의 왼쪽 어깨로 귀강시의 주먹이 꽂혔다.

맞는 순간 반사적으로 연달아 반격했지만 통증이 상당했다.

'이놈들, 보통이 아니구나. 그렇다면 아가씨가 위험하다.'

검황의 제자답게 설유라 역시도 무공 실력이 뛰어났지만 다른 두 제자에 비하면 한참 부족했다.

이 괴물들은 그녀가 상대할 수 있는 수준을 넘어섰다.

염사곤은 귀강시들을 빠르게 제압해야겠다고 판단했다.

염사곤의 발에 맺힌 하얀빛이 응집되면서 강기의 형태를 이뤘다.

파파파팍!

폭풍 같은 퇴법이 한 귀강시의 상반신에 작렬했다.

일반적인 퇴기(腿氣)에는 멀쩡하던 귀강시의 상체가 강기에 닿는 순간 올록볼록 살이 뒤엉키더니 이내 터져 나갔다.

푸억!

찐득한 파란 피가 튀어나오며 귀강시가 고통스러운지 울부짖었다.

"크아아아아!"

"이건 통하나 보구나! 이 괴물 놈아! 쿠쿠쿡!"

강기로 이뤄진 공격이 통하는 것을 확인한 염사곤이 신이 난 듯 외쳤다.

내공의 소모가 빠르긴 했지만 일단 서둘러야 했다.

염사곤의 폭풍 같은 퇴법이 귀강시들을 강타했다.

그런데 뭔가 이상했다.

'이놈들 방금 전에는 꽤 많았는데……'

어느 순간부터 그의 주위에 몇 안 되는 귀강시만 남아 있다.

'응?'

그를 둘러싸고 있던 귀강시들의 시선이 어딘가로 향해 있었다.

그것을 이상하게 여긴 염사곤이 시선을 돌려 그쪽을 바라보았다.

"헉? 뭐, 뭐야?"

설유라의 앞에 검은 장포를 두른 젊은 청년이 서 있었는데 그의 양손엔 뜯어진 여자 귀강시의 머리채와 남자 귀강시의 머리채가 들려 있었다.

공포라는 감정이 없는 귀강시조차 그 모습에 공격하는 것을 망설이고 있었다.

"왜? 계속 덤벼."

귀강시들을 도발하는 남자는 바로 천마였다.

천마는 설유라를 노린 여자 귀강시의 머리를 단숨에 뜯어 버렸다.

그리고 귀강시의 가슴 부근을 강기가 실린 발로 내려찍자 여자 귀강시는 그대로 움직임이 멈췄다.

이때 다른 남자 귀강시가 겁도 없이 뒤에서 달려들었지만 결과는 마찬가지였다.

천마는 단숨에 남자 귀강시의 목도 뜯어버렸다.

남자 귀강시의 핵은 목 부근에 있었는지 그 움직임이 잠잠했다.

"허어……."

염사곤의 입에서 탄성이 흘러나왔다.

설유라를 구해야 한다는 일념 하에 급하게 와서 인지를 못했다.

얼핏 보아도 어떤 경지에 올랐는지 전혀 감이 잡히지 않는 사내였다.

'저자는 대체 누구지?'

고작해야 약관으로 보이는 자인데 풍기는 냄새는 확연하게 고수라 말하고 있었다.

어쩌면 자신에 버금가거나 그 이상.

"크와아아앙!"

천마의 강렬한 기세에 머뭇거리던 귀강시들이 괴성을 지르며 그에게 달려들었다.

한꺼번에 달려드는 귀강시들의 공격에 설유라가 아연실색했다.

그의 옆에 서 있다가 같이 휩쓸릴 판국이다.

그녀의 귓가로 천마의 나지막한 목소리가 들려왔다.

"검문의 계집."

"네… 네?"

"죽기 싫으면 내 곁에서 떨어지지 마라."

별것 아닌 말이었지만 설유라의 얼굴이 새빨갛게 물들었다.

"음?"

그러나 천마의 시선은 상기된 그녀가 아닌 손에 들고 있는 검에 가 있었다.

검선의 창천검.

그 검을 보는 순간 묘한 감정이 뒤섞였다.

검선에 대한 분노, 그리고 천 년 전 수없이 겨루던 나날들.

복잡한 감정 속에서 천마는 좋은 수를 떠올렸다.

'검선 네놈의 검을 잠시 빌리마.'

"계집, 잠시 그 검을 넘겨라."

"네?"

탁!

그녀가 뭐라고 답을 하기도 전에 잡고 있던 창천검이 천마의 손으로 빨려들어 갔다.

그 장면에 염사곤은 내심 괴성을 질러댔다.

천마의 손에 창천검에 들어오자 묘한 열기가 검에서 흘러나왔다.

치이이익!

"큭, 망할 검 주제에 날 알아보는군."

창천검에서 흘러나오는 선기가 천마가 가진 마기를 배척한 것이다.

물론 그 외에도 천 년의 영성을 가진 보검인 만큼 과거를 기억하는지 묘한 공명을 하고 있었다.

웅웅웅!

"나도 네 녀석이 마음에 들지 않는다. 하나 네놈 주인을 살리고 싶으면 날 도와야 할 거다."

검이 알아듣기라도 한 것일까.

타들어갈 것처럼 뜨거워지던 검신이 식었다.

천마가 내공을 주입하자 창천검에서 휘황찬란한 빛이 흘러나왔다.

"이게… 강기?"

설유라 역시 자신도 모르게 탄성을 내뱉었다.

보통의 강기에서 나올 수 있는 수준을 넘어선 선기가 섞인 강기였다.

천 년 전이라면 창천검을 쥐는 것만으로도 벅찼겠지만 선인이 되기 위한 수련을 통해 선기를 일부 가지게 된 천마였다.

선기 가득한 빛에 귀강시들의 붉은 눈에서 미세한 연기가 피어올랐다.

그것을 천마는 놓치지 않았다.

"역시 통하는군. 그럼 이렇게 할까? 하압!"

탁!

"앗?"

천마가 설유라의 허리를 감싸며 별리검법의 절초를 펼쳤
다.

별리검법의 칠 초식 검변은하(劍變銀河).

천마가 펼치는 검세가 은하수처럼 넓게 퍼져 사방으로 뻗
어나갔다.

뻗어나오는 검세가 파도처럼 귀강시들을 덮쳤다.

"크아아아아아!"

귀강시들이 선기가 섞인 강기의 검세에 고통스러운 비명을
질렀다.

그와 함께 검세에 휩쓸려 불꽃처럼 타오르며 재가 되었다.

귀강시들과 한복판에서 싸우고 있던 모용월야는 검세에 닿
는 족족 재가 되어 흩날리는 귀강시에 놀라 피하려 했지만 이
미 늦었다.

"젠자아아아아앙!"

탁!

"어엇?"

그때 누군가 그의 목덜미를 붙잡고 허공으로 경공을 펼쳤다.

염사곤이었다.

천마가 펼치는 놀라운 검세에 휩쓸릴 뻔한 모용월야를 발견한 것이다.

"죽기 싫다면 가만히 있게, 소형제."

쏴아아아아! 치지지지직!

밑에서 천마와 설유라를 중심으로 뻗어나가는 화려한 검세에 수많은 귀강시들이 붉은 재가 되어 흩날렸다.

장관과도 같은 광경에 허공에 떠 있는 모용월야는 마른침을 삼켰다.

전에도 괴물이었지만 안 본 사이에 더욱 강해졌다.

검세가 지나간 자리는 뭔가 타고 남은 잔향만 가득했다.

탁!

볼일을 다 봤다는 듯 천마가 설유라를 밀쳐냈다.

터질 것 같이 상기된 얼굴로 멍하니 천마의 품에 안겨 있던 설유라는 정신을 차리지 못했다.

심장이 격하게 뛰며 터질 것만 같았다.

쿵!

"윽! 곱게 내려줄 것이지."

무방비로 자갈 바닥에 떨어진 모용월야가 투덜거렸다.

전혀 개의치 않는 듯 염사곤은 천마가 있는 쪽으로 다가갔다.

그는 먼저 옆에 멍하니 서 있는 설유라에게 포권을 취하며 인사했다.

"아가씨, 무탈해서 다행입니다. 오랜만이지요."

"네… 네?"

염사곤의 목소리에 설유라가 화들짝 놀랐다.

'어맛? 방금 내가 뭘 한 거야?'

순간 자신이 어떤 모습을 하고 있었는지 짐작한 그녀는 부끄러운 나머지 손으로 얼굴을 가리고 고개를 들지 못했다.

'응? 왜 그러는 거지?'

이런 감정에 관해 무감각한 염사곤은 의아했다.

잠시 그녀의 행동에 의아해하던 염사곤의 시선이 이번에는 천마를 향했다.

"소형제, 정말 경천동지할 무공 실력을 가졌군. 하나 검은 주인에게 돌려주게."

귀강시들을 멸하기 위해 창천검을 빌린 천마였다.

하지만 검하칠위의 일인인 그는 검황에 대한 충성도가 남달랐다.

검선의 신물이자 검문의 보검을 검문의 제자도 아니고 관련도 없는 자가 잡는 것에 대한 거부감이 컸다.

'뭐지, 이놈?'

뜬금없이 코앞에 나타나 검을 돌려달라니 천마가 눈썹을 치켜 올렸다.

애초부터 검은 곧장 돌려줄 생각이었다.

하지만 자신을 향한 표정에서 알 수 없는 적의가 느껴졌다.

"크륵, 재밌군."

"뭐가 재미있다는 건가, 소형제?"

"소형제? 웃기기까지 하는군. 네놈, 검문의 졸개냐?"

"뭣, 졸개?"

오황을 제외하면 그 무공이 중원에서 넘볼 자가 없다고 알려진 검하칠위이다.

그중 말석에 있다고는 하나 퇴왕이란 칭호를 가진 자가 바로 염사곤이었다.

천마의 도발에 기분이 상한 염사곤에게서 강렬한 기세가 뿜어져 나왔다.

'흠? 제법이군.'

부활하고 나서 만나온 화경의 고수 중에서 단언컨대 세 손가락 안에 들 만큼 그 기세가 남달랐다.

한편, 그 모습을 심각하게 지켜보는 이가 있었다.

그는 절명단의 이 단주인 호정이었다.

설유라가 당할 거라고 여겨 곡주와 지원을 데려오려 하던 그는 이 놀라운 사태에 어찌해야 할 바를 몰라 당황스러웠다.

절곡의 곡주가 오더라도 감당하기 힘든 숫자의 귀강시가 소멸되었다.

'뭐야, 대체 저 괴물들은? 어째서 저런 괴물 같은 것들이 절곡에 온 거지?'

귀강시들을 단번에 몰살시킨 자도 괴물이지만 그 앞에 서 있는 자도 만만치 않았다.

계곡의 암벽 위에 숨어 있는데도 살갗이 따가울 정도의 기세였다.

'빨리 돌아가서 알려야 해.'

호정은 조심스럽게 자리를 옮기려 했다.

바로 그때였다.

탁!

그의 뒤로 뭔가 알 수 없는 기척이 느껴졌다.

어찌나 흉흉하면서도 무서운 기운인지 호정의 이마에서 식은땀이 흘러내렸다.

"쥐새끼처럼 어딜 가는 거냐?"

심장을 조이게 만드는 목소리의 주인은 바로 천마였다.

화경에 오른 고수들에게도 내공의 차이와 실력의 차가 존재한다.

염사곤은 눈앞에서 천마의 검초를 보며 내심 경악하지 않을 수 없었다.

적어도 그는 자신의 아래가 아니었다.

'인정하긴 싫지만 목숨을 걸어야 할 상대다.'

그렇기 때문에 한순간에 내공의 순환을 마치고 최상의 공력을 끌어 올린 것이다.

무공에서부터 세력 등 모든 면에서 다른 검하칠위의 유일한 공통점.

그들은 무공에서만큼은 그 자존심이 하늘을 찌를 만큼 높았다.

금방이라도 출수할 것 같은 기세는 일촉즉발의 상황을 예고하고 있었다.

"잠깐만요, 염 대협!"

설유라가 심상치 않은 분위기에 중간에 끼어들었다.

하지만 그것을 개의치 않고 염사곤의 눈은 천마의 몸 전체를 훑고 있었다.

근육 하나의 움직임만 잡혀도 곧장 출수하기 위해서였다.

"계집."

탁!

"앗?"

천마가 갑자기 창천검을 설유라에게 넘겼다.

갑작스러운 행동에 염사곤은 당황스러웠다.

자신을 검문의 졸개라고 칭할 만큼 오만한 자이니 당연히 출수할 거라 여겼는데 예상 밖의 행동이다.

탓!

천마의 신형이 갑자기 암벽 쪽으로 향했다.

"아니?"

염사곤이 황당하다는 얼굴로 천마의 뒷모습을 쳐다보았다.

'나… 지금 무시당한 건가?'

검하칠위의 퇴왕으로 명성을 떨친 이래 처음 맛보는 굴욕이다.

느닷없이 경공을 펼치며 계곡의 암벽 위로 올라가자 모두가 의아해했다.

그리고 얼마 있지 않아 천마가 다시 계곡 아래로 내려왔다.

"아?"

천마의 손에는 피풍의를 입은 중년인이 잡혀 있었다.

그는 절명단의 이 단주 호정이었다.

목덜미가 잡혀서 끌려 내려온 호정은 혈도를 제압당했는지 움직임이 없었다.

단지 불안한 눈동자만이 심하게 떨리고 있었다.

"응? 이 사람, 어디서 봤는데?"

의외로 기억력이 좋은 모용월야가 그를 유심히 쳐다보다 기억해 냈다.

"아! 그, 그 객잔 한구석에서 혼자 술을 마시고 있던 그 사람이네."

설유라도 그의 말에 기억이 났는지 고개를 끄덕였다.

천마가 눈살을 찌푸리며 물었다.

"알고 있는 놈이냐?"

"절곡 바깥에 있는 객잔에서 본 남자예요. 이분도 절곡으로 들어왔나 보네요."

자신들을 숨어서 지켜봤다는 것을 모르는 그들이다.

그러나 퇴왕 염사곤은 달랐다.

그 역시도 설유라를 구하기 위해서 급하게 경공을 펼쳐 왔지만 화경의 고수였다.

암벽 위에서 누군가 있다는 것은 진즉에 알고 있었다.

단지 위험도가 낮아 보였고, 천마에게 적의가 향하자 내버려 둔 것뿐이다.

"위에서 계속 염탐하던 놈입니다, 아가씨."

"염탐이요?"

"아가씨가 이 괴인들에게 공격당하고 있을 때 계속 훔쳐보고 있더군요."

염사곤의 말에 호정의 눈이 더욱 떨렸다.

그녀가 객잔에서 본 사람이라고 말했을 때 자연스럽게 정체를 물어가려 하던 그다.

천마가 피식 웃더니 호정의 턱을 들어올렸다.

"네놈, 정체가 뭐냐?"

"읍 읍 읍!"

아혈을 짚여 말을 할 수 없는 호정이다.

이에 천마가 그의 아혈을 풀어주었다.

그런데 그것이 끝이 아니었다.

퍽!

"꾸에에엑!"

호정의 입에서 돼지 멱을 따는 소리가 튀어나왔다.

천마가 그의 입을 다물게 하더니 주먹으로 쳐버린 것이다.

"흐어어어, 퉤퉤!"

투투툭!

호정의 입에서 핏덩어리와 함께 이빨이 우수수 떨어졌다.

눈에 보이는 앞니가 전부 떨어져 나간 모습이 흉해 보이는 지 설유라가 인상을 찡그렸다.

"심문도 하지 않았는데 왜 친 건가?"

염사곤이 이해할 수 없다는 표정으로 물었다.

그러자 천마가 이죽거리며 말했다.

"자살을 하면 곤란하거든."

처음부터 자살할 마음이 없던 호정은 억울한 나머지 눈물 을 찔끔 흘렸다.

절곡에 침입해서 살아남은 경우가 없었기에 절곡의 사람 중 누구도 정보 차단을 위해 자살을 훈련받은 이가 없었다.

"하긴… 그건 그렇군."

염사곤이 납득한다는 듯이 고개를 끄덕였다.

천마가 몸을 낮춰 호정의 눈을 응시했다.

심연과도 같은 천마의 눈동자를 쳐다보는 순간 호정의 눈앞에 알 수 없는 환영이 펼쳐졌다.

마치 마신이 나타나 자신의 심장을 움켜잡고 농락하는 느낌이 들었다.

"허억, 허헉!"

그 짧은 찰나가 굉장히 길게 느껴졌다.

공포에 젖은 호정의 얼굴이 땀범벅이 되어 있다.

"어이."

"네, 넵!"

천마의 부름에 호정이 겁에 질린 목소리로 대답했다.

"네놈, 이것들을 알고 있지?"

"네? 그, 그게 무슨 마, 말씀입니까?"

겁에 질린 상황에서도 다행스럽게 이성은 잃지 않았다.

만약 이곳의 비밀을 털어놓게 된다면 자신은 어떤 식으로든 죽어야 한다.

천마가 그런 호정을 쳐다보며 고개를 삐딱하니 옆으로 꺾으며 말했다.

"하긴, 단번에 얘기하면 재미가 없겠지?"

"네?"

"최대한 버텨. 알겠지?"

뿌득!

"끄으아아아아아아아아아! 내 손톱! 내 손토오오옵!"

천마는 예고도 없이 호정의 오른손 엄지손톱을 뽑아버렸다.

생손톱이 뽑혔으니 그 고통은 이루 말로 표현할 수가 없었다.

호정이 온몸을 뒹굴며 비명을 질렀다.

"으으!"

모용월야가 그 모습을 보며 몸서리를 쳤다.

천마에게 이미 손톱을 뽑혀봤기 때문에 그 고통이 얼마나 큰지 잘 알고 있었다.

'으으으, 여전히 미쳤어.'

호정에게는 불행한 일이었지만 그것은 시작에 불과했다.

천마는 엄지손톱을 시작으로 양손의 손톱을 전부 뽑아버렸다.

말은 하지 않고 있었지만 천마의 잔인한 행동에 셋 모두 눈살을 찌푸렸다.

"생각보다 잘 버티네? 그럼 질문을 바꿀까?"

"하아, 하아……."

손톱이 전부 뽑혀 나가면서도 호정은 끝까지 버텼다.

앞니가 있었다면 당장에라도 자결을 하고 싶은 마음이 너무나도 컸다.

"이 강시들, 네놈들이 만든 것이냐?"

"헉!"

여태까지 잘 버텨오던 호정이 당황한 나머지 자신도 모르게 외치고 말았다.

"강시?"

강시라는 말에 설유라를 비롯해 모용월야와 염사곤도 놀라는 눈치였다.

강시(僵尸).

그것은 죽었으면서도 마치 살아 있는 것처럼 움직이는 시체를 가리킨다.

중원 사람치고 강시의 존재에 대해서 모르는 이가 없었다.

어릴 적 할아버지나 할머니를 통해 강시에 대해 들어왔기 때문이다.

호환마마와 더불어 강시가 잡아간다는 말만 들어도 기겁한 어린 시절을 떠올리게 만드는 전설의 바로 그 강시였다.

'강시라니? 그런 게 실존하는 것이던가?'

염사곤이 이해할 수 없다는 표정으로 고개를 갸웃거렸다.

설유라가 직접 천마에게 물었다.

"사마 공자, 강시라뇨? 그게 무슨 말이죠?"

"…계집, 여태껏 네 녀석들을 공격한 것이 뭔지도 몰랐느냐?"

"네?"

'응? 그 괴물들이 뭔지 알고 있어야 하는 건가?'

천마가 이해할 수 없다는 투로 묻자 그녀가 아리송한 표정을 지었다.

이것은 천 년간의 세월이 만들어낸 인식의 차이였다.

천마가 활동하던 천 년 전에는 혈교에서 금지된 술법으로 강시를 만들어내 중원을 아수라장으로 만들었다.

그래서 당시의 사람들은 강시를 접해보지 않은 이가 없을 정도였지만 지금은 달랐다.

혈교가 멸망하면서 강시 또한 사라졌다.

몇백 년 동안은 풍문으로 남아 있었지만 천 년이 흐르면서 전설이 되어버린 것이다.

호정의 표정이 심각해졌다.

'이 괴물이 대체 어떻게 강시에 대해 아는 거지?'

손톱이 뽑힌 고통도 잠시 잊힐 정도였다.

이 사실을 어떻게든 곡주에게 알려야만 했다.

그렇지 않다면 대업에 차질을 빚게 될지도 몰랐다.

'아!'

그때 호정의 머릿속에 좋은 방법이 떠올랐다.

절곡의 은거지로 찾아온 조직의 삼혈로 중 한 명인 삼석을 생각해 낸 것이다.

조직 내에도 수많은 괴물 같은 고수들이 존재하지만, 세 기둥이라 불리는 그들은 차원이 다른 존재들이었다.

'그래, 괴물을 처단하려면 괴물을 보내야지. 그리고… 은거지에는 그것들도 있으니……'

이런 좋은 생각을 떠올리니 고문을 받은 것이 미련스럽게 느껴졌다.

이번에는 발톱을 뽑으려고 하는 천마를 향해 호정이 다급한 목소리로 말했다.

"저, 저는 아랫사람이라서 아무것도 모릅니다!"

"호오, 이제 말해볼 생각이 드나 보지?"

천마의 살기 어린 목소리에 기겁한 호정이 고개를 연신 끄덕였다.

겁이 나서 고개를 끄덕이는 면도 있지만 스스로를 세뇌하듯 되새겼다.

'이놈들을 함정으로 유인하기 위한 계책이다. 계책이다. 계책이다.'

"아랫사람? 그럼 여기에 네놈의 윗대가리가 있다는 건가?"

"그, 그렇습니다."

"네놈들 손에 이곳 절곡이 돌아갔다는 말이군. 삼대금지라는 곳이 말이야. 크큭."

천마의 비꼬는 말에 호정이 아무 대답도 하지 않았다.

"핫!"

설유라가 기가 차다는 듯 콧방귀를 뀌었다.

아직 모든 실마리가 풀린 것은 아니지만 삼대금지라 불리는 절곡이 인위적으로 누군가의 손에 움직인다는 의미였다.

그때 원래의 목적을 떠올린 설유라가 호정을 붙잡고 물었다.

"이봐요, 혹시 당신들이 약선을 붙잡고 있나요?"

설유라는 임태평이 강시들에게 당하기 전에 한 말을 기억하고 있었다.

누군가의 방문과 함께 급하게 절곡으로 들어갔다는 사실을 말이다.

어쩌면 그 누군가가 절곡을 움직이는 이들일지도 모른다고 여긴 그녀였다.

"저, 저는 아무것도 모릅니다."

호정은 모르쇠로 일관했다.

그러나 당황한 나머지 흔들리는 그의 눈빛을 보면 굳이 원영신을 개방하지 않더라도 약선의 행방을 알고 있는 듯 보였다.

하나 그보다도 다른 것이 더 신경 쓰였다.

'이 계집도 약선을 찾고 있었나?'

천마가 의아한 표정을 지었다.

절실해 보이는 표정으로 묻는 그녀에게서 하나의 진실을 유추할 수 있었다.

'…역시 검황이란 놈이 중독된 게 사실이군.'

그렇지 않고 그녀가 삼대금지인 이곳 절곡까지 약선을 찾으러 돌아다닐 만한 이유가 없었다.

그러나 그녀의 사정이 어찌 되었든 천마 역시도 약선이 필요했다.

어차피 검문을 멸문시키는 것이 목적이었기에 검황이 독에 중독되어 죽는다고 해도 전혀 아쉬울 것이 없었다.

'일거양득인가.'

약선을 자신이 데리고 간다면 자연스럽게 검문을 약화시킬 수 있었다.

그런 계산을 하면서도 천마는 아무 내색도 하지 않았다.

"그런데 이건 뭐냐?"

"엇? 언제 그걸……?"

천마의 손에 호정의 허리춤에 매고 있던 가죽 주머니가 들려 있었다.

가죽 주머니에 들어 있는 것을 꺼내니 파란색의 작은 호리병과 붉은색의 작은 호리병이 나왔다.

결국 호정은 호리병에 들어 있는 것에 대해 실토해야만 했다.

"파란색은 망혼향이라고 해서 뿌리면 강시들이 알아보지 못하게 하는 향이고, 붉은색은 혼명향이라고 해서 강시들의 행동을 일부 조정할 수 있는 향입니다."

귀강시는 조정할 수 없다는 사실은 굳이 알리지 않았다.

천마가 호정의 눈을 쳐다보며 살기 어린 협박을 했다.

"허튼수작을 부리는 거면 네놈의 팔다리를 전부 찢어서 죽여 버릴 테다."

"거, 거짓말이 아닙니다!"

원영신으로 살펴보니 거짓은 아닌 듯했다.

천마는 호리병에서 망혼향의 분을 꺼내어 설유라와 모용월야에게 뿌려주었다.

자신을 배려해 준다는 생각에 괜히 기분이 좋아지는 설유라였다.

두 사람에게 향을 뿌려주고 호리병을 자신의 품에 갈무리하자, 염사곤이 기어들어 가는 목소리로 물었다.

"소, 소형제, 나는?"

"뭐냐, 설마 그 정도 실력에 이게 필요하다는 건 아니겠지?"

"내, 내가 언제 그게 필요하다고 했나? 그런 게 없어도 난 괜찮네."

자존심에 울며 겨자 먹기로 괜찮다고 말하는 염사곤이다.

"사마 공자, 어쩌다 절곡까지 오신 거죠?"

호정의 안내를 받으며 걷는 동안 설유라는 천마에게 어떻게 이곳에 오게 되었는지에 대해 몇 차례 물어보았다.

하지만 입을 꾹 다문 채 아무 대답도 하지 않는 통에 그녀는 이내 시무룩해지고 말았다.

같은 목적인 것을 알게 되면 설유라가 떼라도 쓸 것을 방비하기 위해서이기도 했다.

'저놈은 대체 뭔데 아가씨가 하는 말에 답변도 안 하고.'

속이 부글부글 끓는 것은 염사곤이다.

처음에는 설유라의 태도에 대해서 이해하지 못했다.

하지만 그녀의 뜨거운 시선이 줄곧 천마에게 꽂혀 있자 그제야 설유라의 연정의 마음을 알아챈 그였다.

'그나저나 아가씨를 내보내야 하는데.'

검황의 둘째 제자인 석금명의 부탁에 따르자면 그녀를 데리고 절곡을 나가야 했다.

하지만 그녀의 목적이 약선인 것을 알게 되자 무작정 나가자고 하기에도 애매해져 버렸다.

'난감하군.'

얼핏 검황의 몸에 이상이 있을지도 모른다는 짐작은 그 역시도 하고 있었다.

정작 석금명은 불편해했지만, 염사곤이 검문 내에 틀어박혀 있던 것도 검황을 보호하기 위해서였다.

그것은 엄밀히 얘기하면 외부의 적을 방비하기 위함이 아니었다.

'석 공자 그자가 주공의 이상을 계속해서 숨기는 것이 수상해.'

장기적으로 검황이 부재하면서 이미 각 파를 비롯해 다른 검하칠위들이 눈치를 챘다.

그런데도 계속해서 숨기는 것을 이해할 수 없었다.

'뭔가 다른 꿍꿍이가 있지 않고는……'

염사곤의 판단은 그러했다.

하지만 확인을 하고 싶어도 하루 종일 검황의 집무실 앞에서 진을 친 채 숙식마저도 그곳에서 해결하니 방법이 없었다.

'그렇다면 아가씨를 도와서 주공을 빨리 치료하는 게 맞겠지.'

검황만 쾌차하면 흐트러진 모든 상황을 다시 되돌릴 수 있었다.

그녀가 걱정되긴 했지만 저 괴물이 있는 한 크게 문제될 건

없어 보였다.

혼자였다면 설유라를 보호하기 힘들겠지만 말이다.

절명단의 제이 단주 호정은 이들을 함정으로 안내한다는 명목 하에 계곡의 중류를 거슬러 올라가고 있었다.

'젠장, 정말 절곡 내의 강시들을 몰살시킬 작정인가.'

호정은 그야말로 안절부절못하고 있었다.

가는 동안 꽤 많은 강시가 나타났다.

일부러 강시가 있는 곳으로 유도했는데 하나같이 천마와 염사곤에게 학살을 당했다.

아무리 강시들이 재생력이 뛰어나고 위험하다고는 하나 그들 앞에선 속수무책이었다.

천마야 원래 그렇다고 치지만 염사곤까지 어느 순간 경쟁심이 붙어 앞장서서 강시들을 제거하고 있었다.

'안 되겠다. 차라리 강시들이 없는 쪽으로 가야겠다.'

결국 강시들이 없는 쪽으로 방향을 틀어야만 했다.

주기적으로 등장하던 강시들이 나타나지 않자 천마가 오히려 호정을 다그쳤다.

"어이, 쥐새끼. 지금 잔머리 굴리는 거냐? 네놈들 전력을 잃을까 봐?"

천마의 말에 호정이 질린다는 듯 입이 벌어졌다.

마치 자신의 의도를 읽어내는 것처럼 천마의 말 한마디 한

마디가 무서울 정도로 정곡을 찔렀다.

"그, 그럴 리가 있겠습니까? 저희도 강시의 위치는 정확하게 모릅니다."

"허튼소리."

콱!

"쿠엑!"

천마에게 목을 잡힌 호정이 숨이 막혀했다.

고통스러워하는 호정을 천마는 계곡물에 던져 버렸다.

풍덩!

"우엑!"

혈도가 점해져 내공을 쓸 수 없던 호정이 계곡물에 빠져 허우적거렸다.

깊은 물은 아니었지만 발끝이 겨우 바닥에 닿았다.

이윽고 천마가 손을 내밀어 잡아당기는 시늉을 하자 그의 몸이 물 밖을 빠져나와 천마의 앞에 놓여졌다.

"대, 대체 왜?"

"킁킁, 이제 네놈 몸에서 냄새가 나지 않는군."

천마의 말에 호정의 안색이 새파래졌다.

그는 일부러 호정을 물에 빠뜨려 망혼향을 지운 것이다.

천마가 그의 귀에 대고 나지막한 목소리로 경고했다.

"지금부터 조금이라도 잔머리를 굴리면 네놈의 다리를 잘라서 이곳에 버려두고 갈 거다."

호정의 새파랗던 안색이 순식간에 하얗게 질려 버리고 말았다.

머릿속에 더 이상 그를 어찌해 보겠다는 생각이 사라졌다.

어서 빨리 은거지로 데려가서 곡주를 비롯한 다른 이들의 손에 넘겨야 했다.

'…이상한 놈이군. 그저 본인밖에 모른다고 여겼는데.'

아무도 눈치채지 못했지만 유일하게 염사곤만은 천마의 의도를 알아챘다.

전력 얘기를 하지 않았더라면 몰랐을 것이다.

천마는 호정이 일부러 길을 제대로 안내하지 않은 것을 역으로 이용했다.

'강시의 숫자를 줄이려고 한 건가?'

염사곤의 예상대로였다.

천마는 타인의 생사에는 관심이 없었지만 강시의 위험도는 천 년 전에 겪었기에 누구보다 잘 알고 있었다.

이것들이 절곡 바깥에 한 구라도 풀린다면 걷잡을 수 없을 정도의 혼란을 야기하고, 또한 빠르게 증식하고 말 것이다.

'뭐, 그리 많이 남지 않은 것 같군.'

천마가 원영신을 열어 살펴본 결과 강시들의 숫자가 확연하게 줄었다.

이 정도 숫자라면 후에 사람을 보내도 충분히 해결이 가능해 보였다.

"흠?"

중류를 맴돌던 호정이 방향을 틀어 곧장 상류로 안내했다.

하류로 향할 거라고 예상한 것과 달리 상류로 향하자 의아했다.

쇄아아아아아!

그들이 도착한 곳은 다름 아닌 절곡의 상류 쪽에 자리하고 있는 거대한 폭포였다.

시원하게 계곡 바닥까지 내려치는 폭포 줄기를 호정이 손가락으로 가리켰다.

"저곳입니다."

"뭐?"

호정이 가리킨 방향에는 그저 폭포만이 있을 뿐이었다.

모두가 이해할 수 없다는 표정을 짓는 것과 달리 천마는 자연스럽게 폭포를 향해 경공을 펼쳤다.

"사, 사마 공자!"

설유라가 만류하려 했지만 이미 천마의 신형은 폭포수에 도달해 있었다.

"흠."

천마가 내공을 끌어 올리자 그의 주변으로 하얀 기의 막이 생겨났다.

쏟아져 내리는 폭포수에 젖지 않고 그는 그것을 통과할 수 있었다.

"호오?"

폭포 뒤가 막혀 있을 거라는 예상과 달리 폭포를 통과하자 동굴이 드러났다.

심지어 동굴의 물이 튀지 않는 안쪽에는 햇불마저 켜져 있었다.

"거짓은 아니었군."

그때 누군가 천마를 향해 소리쳤다.

"뭐냐?! 누구기에 함부로 이곳에 침입한 것이냐?!"

동굴의 안쪽으로 들어가는 방향에서 문지기로 보이는 두 명의 남자가 경계심이 가득한 눈빛으로 검을 뽑으며 다가왔다.

이곳 폭포수 내에 숨겨진 은거지로 외부의 적이 침입한 적이 한 번도 없었기에 천마의 등장은 그들을 당혹스럽게 만들었다.

"그럼 천천히 구경해 보실까."

천마가 입꼬리를 올리며 그들을 향해 발걸음을 옮겼다.

한편, 동굴 바깥에 있는 이들은 천마가 폭포수 안쪽으로 들어가서 한참이 지나도 나오지 않자 의아하게 여겼다.

"쿠쿠쿠, 안에 정말 숨겨진 공간이 있나 보군요. 아가씨, 어쩌시겠……."

염사곤의 말이 끝나기도 전이다.

파아아악!

굵은 폭포수 줄기를 뚫고 뭔가가 바깥으로 튕겨져 나왔다.

검은 복장을 한 사람이었는데 목이 잘려 나가고 없었다.

폭포가 내려치는 계곡물이 목이 잘린 시신에서 흘러나오는 피로 붉게 물들었다.

'피를 봐야 직성이 풀리는 놈이로군. 쯧쯧.'

염사곤이 혀를 찼다.

설유라 역시도 갑작스럽게 튀어나온 시체에 당황스러워했지만 누구의 소행인지 금방 알아챘다.

그녀가 염사곤을 바라보자 염사곤이 고개를 끄덕이며 동의했다.

그들이 경공을 펼쳐 폭포수 내로 들어가자 호정이 안도의 숨을 내쉬었다.

"…산 건가? 아아, 하아……."

죽이고 갈 것이라 여겼는데 천운이라는 생각이 들었다.

촤악!

"끄아아악!"

방심하고 있던 호정이 갑자기 화끈거리는 통증에 앞으로 고꾸라졌다.

누군가 뒤에서 그의 양쪽 다리를 벤 것이다.

멀쩡한 다리를 잘리자 그 고통이 손톱을 뽑히는 것과는 차원이 달랐다.

비명을 지르는 그의 귓가로 누군가의 이죽거리는 목소리가 들려왔다.

"네놈도 그동안 저지른 것에 대한 보상은 받아야지? 안 그래? 키키킥."

"끄어어어어어! 제, 제발 사… 살려주세요! 제발!"

그는 바로 모용월야였다.

다리를 잘라 버리고 이곳에 방치하겠다는 천마의 말을 그대로 이행하고 마는 그였다.

어떤 의미로 그 역시 천마 못지않은 광기와 잔인함을 가지고 있었다.

"키킥."

오싹!

모용월야의 광기 섞인 눈빛에 호정은 온몸에 소름이 돋았다.

"제발… 제발……!"

이런 식으로 고통받고 싶지 않았다.

차라리 자신을 이곳에서 죽여줬으면 하는 바람이다.

그런 바람을 무시하듯 모용월야가 신나는 목소리로 말했다.

"혹시 다시 나왔을 때 강시가 되었으면 내가 직접 죽여줄게. 그럼."

그 말과 함께 모용월야도 폭포수 내로 들어가 버렸다.

다리가 잘려 버둥거리던 호정은 두려움이 가득한 눈빛으로 광분하며 소리를 질렀다.

"안 돼애애애애애애애!!"

가장 늦게 폭포수로 들어온 모용월야는 폭포수 내의 광경에 눈이 커졌다.

동굴 안쪽에는 안으로 들어가는 통로가 있었는데 그 앞에 시신이 널브러져 있었다.

폭포수 떨어지는 소리가 커서 묻혔지만 통로 안쪽에서 희미하게 비명이 들려왔다.

모용월야는 빠르게 경공을 펼치며 동굴 통로 안쪽으로 들어갔다.

동굴의 통로를 따라 시신이 빼곡했다.

'죄다 죽여 버렸네. 역시…….'

바닥에 널브러진 시신들은 하나같이 일검에 베였다.

고통을 느낄 틈새도 없이 죽었을 것이다.

동굴 내부는 처음 들어온 이라면 헷갈리기 십상일 정도로 넓고 복잡했다.

바닥에 시신들이 없었다면 그들이 지나간 행방을 알기 힘들었을 것이다.

"아아아아악!"

"응?"

모용월야의 귓가로 익숙한 비명 소리가 들려왔다.

미세하게 들리던 비명 소리가 남자의 것이었다면 지금 들린 건 자신이 아는 여자의 목소리였다.

놀란 그는 비명이 들리는 곳으로 빠르게 향했다.

어두운 통로를 지나자 넓은 공동이 모습을 드러냈다.

그곳에는 놀랍게도 수많은 파란 피부의 강시들이 눈을 감고 판목 같은 것에 눕혀 있었다.

그런데 한쪽에 설유라가 새파랗게 멍이 든 얼굴로 선혈을 흘리고 서 있었다.

그녀는 무기력한 눈빛으로 어딘가를 바라보고 있었다.

"설 소저……."

비틀.

설유라를 부르려던 모용월야가 다리의 힘이 풀리는지 비틀거렸다.

또한 공동 내에서 거대하고 강렬한 사기(私氣)가 느껴지면서 머리까지 심하게 울렸다.

그 사기의 존재는 바로 이 공동 내에 있었다.

쾅!

공동 벽의 한편으로 뭔가가 날아와 벽이 움푹 파일 정도로 부딪쳤다.

먼지 사이로 움푹 파인 벽면에서 비틀거리며 걸어 나오는 자는 다름 아닌 퇴왕 염사곤이었다.

"쿨럭쿨럭! 후우, 정말 괴물이군."

염사곤의 입가에 흐르는 핏자국만 보더라도 내상을 입었음을 알 수 있었다.

파란 피부의 귀강시들과 상대할 때도 긴장하지 않던 염사곤의 눈빛에 경계심이 가득했다.

"크르르르르!"

짐승이 우는 소리.

모용월야의 눈에 피를 뿌린 것처럼 새빨간 피부를 가진 거구의 강시가 보였다.

그것은 괴물같이 생긴 강시와도, 파란 피부의 강시와도 전혀 다른 느낌을 가진 존재였다.

거구의 강시 몸에서 풍겨져 나오는 강렬한 사기는 무엇보다도 죽음에 가까웠다.

"크아아아아아아!"

붉은 강시가 포효하자 동굴이 떠나갈 듯이 울렸다.

동굴은 수 갈래로 나뉘어져 있어 복잡했고, 안에 배치된 적도 상당히 많았다.

동굴 안에 있는 적은 대다수가 일류 고수들이었다.

어지간한 문파는 가볍게 뛰어넘을 정도의 세력이 절곡 내의 폭포수에 숨겨져 있던 것이다.

촤악!

"크헉!"

천마가 검지로 검기를 일으키자 동굴 벽에 숨어 있던 놈들이 양 등분되어 쓰러졌다.

방어 체계가 허술한 것도 아니었는데 천마에겐 소용이 없었다.

그야말로 파죽지세였다.

"응?"

길을 따라서 한참을 들어가던 통로에 변화가 생겼다.

통로가 두 갈래로 나누어졌는데 우측 방향에서 유독 지독한 사기가 풍겨오고 있었다.

"이곳이 근원지였나?"

강시의 몸에는 사기가 가득하다.

그것은 혼백과 육신이 환원되는 법칙에 위배되기 때문이다.

죽은 육신에 억지로 혼백을 가져다두면서 쌓이게 된 사기는 시간이 흐를수록 원래의 질서마저도 무너뜨린다.

그러나 그곳보다도 고요하기 짝이 없는 좌측 방향의 통로가 오히려 천마의 마음속에 파문을 일으켰다.

그것은 마치 위험을 예견하는 것과도 같았다.

'흠, 뭔가 위험한 냄새가 풀풀 풍기는군.'

천마는 어느 쪽으로 들어가야 할지 고민했다.

자신의 침입이 수뇌부에게 전달되었다면 분명 약선을 빼돌리려고 할 것이 틀림없었다.

어느 쪽으로 들어가야 하나 고민하는 찰나였다.

그의 뒤쪽으로 쏜살같이 경공을 펼치며 쫓아온 두 사람이 있었다.

설유라와 염사곤이었다.

"사마 공자, 혼자 너무 무리하시는 거 아니에요?"

그를 따라잡기 위해 추적하는 것은 너무도 간단한 일이었다.

그저 바닥에 널브러진 시신들의 흔적만 따라오면 되었으니 말이다.

천마가 그런 그들을 보고 씨익 웃으면서 말했다.

"잘됐군."

"네?"

의아한 표정을 짓는 그들에게 천마가 두 갈래로 나누어진 통로를 가리켰다.

두 갈래의 통로를 본 염사곤의 표정이 굳었다.

우측 통로에서 느껴지는 사이한 기운 때문이었다.

'뭐지, 이 기분 나쁜 기운은?'

화경의 경지에 오른 염사곤이라 해도 원영신이 개방된 것이 아니었기에 경계에 걸려 있는 기운을 느끼긴 힘들었다.

단지 그것이 한없이 사이하면서도 죽음에 가깝다는 것만 인지할 수 있었다.

"어디로 가고 싶나?"

천마의 질문에 설유라가 눈을 동그랗게 뜨며 물었다.

"따로요? 같이 움직이는 편이 낫지 않을까요?"

물론 천마 혼자서도 일당백이지만 함께 움직이는 편이 좀 더 안전하다고 여긴 그녀이다.

"약선을 놓치면 어떻게 할 거냐?"

"네?"

"이 정도 난리를 부렸으면 적의 수뇌부도 최소한의 대비는 할 거다. 이를테면 인적 자원인 약선을 빼돌리는 것이겠지."

그것은 천마의 의견이 옳았다.

은거지의 방어선이 무너지고 있는 마당에 적들이 취할 선택지는 별로 없었다.

설사 대항을 한다고 해도 약선을 빼돌릴 확률이 높았다.

약선을 필요로 하는 설유라에게 가장 효과적인 설득이었다.

"그렇다면 둘로 나누어 가는 편이 나을 수도 있겠군요."

"자네는 어떻게 할 건가?"

염사곤이 천마의 의견을 물었다.

이에 천마가 왼쪽 통로를 가리키며 말했다.

"난 이쪽이다."

염사곤이 인상을 찡그렸다.

그렇지 않아도 우측 통로로 가는 것이 꺼려지던 그다.

사이한 기운이 풍겨져 나오는 것만 보더라도 함정이 있을 수 있었다.

망설이는 염사곤에게 천마가 피식 웃으며 물었다.

"왜, 우측으로 가기가 무섭나?"

"뭐, 무서워?"

도발하는 천마의 말에 염사곤의 표정이 험악해졌다.

일부러 자존심을 건드리는 것은 알고 있지만 검황의 제자인 설유라 앞에서 이것저것 구차한 변명을 댈 수도 없는 노릇이다.

"그런데 왜 망설이나?"

'크윽, 이놈이……'

결국 알면서도 도발에 넘어가야만 했다.

"뭐가 무섭다고! 나 혼자 이쪽으로 가도 충분히 해결할 수 있네."

그런 염사곤의 모습을 보며 설유라가 조용히 고개를 흔들었다.

남자들의 자존심 싸움은 아무리 봐도 한심했다.

"계집, 너도 저쪽으로 가라."

"네?"

내심 천마가 자신과 함께 가달라고 해주길 바란 설유라였다.

그런데 매몰차게 염사곤과 같이 가라고 말하니 실망하지 않을 수가 없었다.

실망해서 추욱 처지는 그녀에게 염사곤이 달래듯이 말했다.

"저랑 가시죠, 아가씨. 그편이 훨씬 안.전.할. 겁.니.다."

일부러 또박또박 강조하면서 자극하려 했지만 천마는 듣고 있지 않았다.

결정되었다는 듯이 그는 이미 왼쪽 통로로 발걸음을 옮기고 있었다.

'크윽! 젊은 놈이 정말!'

염사곤은 화가 났지만 겨우 삭였다.

천마가 먼저 휙 들어가 버리자 그들 역시도 우측 통로로 들어가야 했다.

앞서는 천마가 적들을 처리해 둔 덕에 쉽게 들어올 수 있었으나 이번에는 달랐다.

횃불이 밝히고 있다고는 하나 어두운 통로는 긴장감이 감돌 수밖에 없었다.

긴 통로를 따라 들어가자 그 끝에 드넓은 공동이 자리하고 있었다.

"욱!"

공동 안에 들어서자마자 코가 아릴 정도로 역한 냄새에 인상이 찌푸려졌다.

설유라가 소매로 코를 막았다.

역한 냄새에 놀란 것도 잠시였다.

"이, 이럴 수가!"

그들은 넓은 공동 안에 펼쳐진 광경에 경악했다.

공동 내에는 넓은 판목들이 있고 그 위에 백 구에 달하는 파란 피부의 귀강시가 눈을 감고 누워 있었다.

"허어……."

단 한 구만으로도 진땀을 빼게 만든 파란 피부의 귀강시들이었다.

이 귀강시들은 초절정의 고수 이상이 아니면 상대하기도 힘들었고, 완전히 제거하려면 화경의 고수가 펼치는 강기나 한철로 만들어진 보검이 필요했다.

"설마 이것들이 만들어진 것인가?"

강시는 초자연적인 존재로 알고 있다.

그런데 이렇게 판목 위에 얌전히 누워 있는 것을 보니 가관도 아니었다.

귀강시들의 몸에는 침 같은 것들이 잔뜩 꽂혀 있었는데 치료라기보다는 뭔가 실험을 한 모양이다.

"이놈들, 살아 있는 건가?"

"뭐, 뭐 하시는 거예요, 염 대협?"

"잠시 확인해 보려는 겁니다. 쿠쿠쿠."

염사곤이 조심스럽게 누워 있는 귀강시 한 구를 건드려 보았다.

손으로 툭툭 쳤으나 아무 반응이 없었다.

그러자 과감하게 가슴 한가운데를 손바닥으로 내려쳤다.

짝!

정말 죽기라도 한 것인지 귀강시는 미동조차 없었다.

"금방이라도 일어날 것 같았는데, 역시 죽은 건가? 아니면 이것 때문인가?"

팅!

염사곤이 귀강시의 몸에 꽂혀 있는 침 하나를 건드렸다.

순간 귀강시의 몸이 살짝 움찔거렸다.

"헉?"

아무래도 침을 꽂아서 놈들의 움직임을 제어한 듯했다.

그때 설유라가 놀라하는 염사곤을 불렀다.

"염 대협!"

"네?"

설유라가 손으로 가리킨 곳은 공동의 안쪽이었다.

공동의 맨 안쪽의 일렁이는 횃불 아래 강시 한 구가 반듯하게 눕혀 있었다.

그런데 이 강시는 다른 귀강시들과 전혀 달랐다.

피를 연상하게 하는 붉은 피부에 멀리서 보아도 그 크기가 다른 강시들에 비해 두 배에 달하는 거구였다.

"굉장히… 위험해 보이는군요."

미처 몰랐는데 거구의 강시에게서 풍겨져 나오는 기운은 통로 바깥에서부터 느껴지던 그 불길하면서도 사이한 기운이었다.

"염 대협, 아무래도 뭔가 다른 강시인 것……."

"큭! 젠장!"

설유라의 말이 끝나기도 전에 공동 안 왼편의 통로에서 누군가 다급하게 달려 나왔다.

헐레벌떡 뛰어나온 긴 턱수염의 중년인은 이곳 절곡의 곡주였다.

"엇?"

다급한 표정을 짓고 있던 절곡의 곡주는 공동 안에 있는 설유라와 염사곤을 보곤 화들짝 놀랐다.

"네, 네놈들은 또 누구야?"

'또?'

그의 말투로 보아선 이미 누군가와 조우한 모양이다.

그들이 뭐라고 답변하기도 전에 절곡의 곡주는 다급히 붉은 피부의 강시에게로 신형을 날렸다.

"젠장, 이놈은 아직 조정을 마치지 못했는데."

절곡 곡주의 손이 붉은 피부 강시의 머리에 꽂혀 있는 침으로 향했다.

이에 놀란 염사곤이 소리를 지르며 신형을 날렸다.

"당장 멈춰!"

그러나 이미 침은 뽑히고 말았다.

침이 뽑히는 순간 붉은 피부의 강시가 감고 있던 눈을 번쩍 떴다.

그와 동시에 포효하듯 괴성을 질렀다.

"크와아아아아아앙!"

"크헉!"

고막이 찢어질 듯한 소리는 단순한 포효가 아니었다.

그것엔 마치 내공이 실린 음공처럼 거대한 잠력이 실려 있었다.

"흐허허헉!"

가까이에서 침을 뽑은 곡주의 몸이 포효에 뒤로 튕겨 나갔다.

신형을 날린 염사곤 역시도 포효에서 뽑어져 나오는 잠력에 뒤로 밀려났다.

공력을 칠 성 이상 끌어 올리지 않았다면 내상을 입을 뻔했다.

"으으으."

포효에 귀를 막은 설유라였지만 머리가 울릴 정도로 그 여파가 컸다.

머리를 흔들며 겨우 정신을 차린 그녀가 창천검을 뽑았다.

챙!

"이 괴물!"

창천검이 검신을 드러내며 선기가 흘러나왔다.

그런데 창천검을 뽑자 포효를 내지르던 붉은 피부 강시가 섬뜩한 붉은 눈으로 설유라를 노려보았다.

"헉!"

포포포포퐁!

그때 놀라운 일이 벌어졌다.

붉은 피부 강시가 전신에 힘을 주자 온몸의 핏줄이 튀어나오더니 이내 몸에 박혀 있던 침들이 저절로 뽑히며 밖으로 튀어나갔다.

그 순간 붉은 피부 강시가 누워 있던 판목에서 용수철처럼 튕겨져 나왔다.

놈의 목적은 바로.

"아, 아가씨! 피해요!"

거구임에도 불구하고 엄청나게 빠른 몸놀림으로 순식간에 설유라의 앞으로 다가왔다.

놀란 그녀가 창천검을 들어 방어하려 했다.

깡! 퍼억!

"아아아악!"

강시의 주먹이 설유라의 얼굴에 꽂혔다.

다행히 검으로 막으면서 직격은 피했지만 그 힘이 어찌나 강한지 그녀의 여리여리한 몸이 공동 한편으로 튕겨져 날아가 버렸다.

"이런 빌어먹을 놈이 감히!"

설유라가 당하자 이에 분노한 염사곤이 붉은 피부 강시를 향해 퇴법을 날렸다.

폭풍과도 같은 그의 발차기가 잔영을 만들어내며 강시의 상체 요혈에 꽂혔다.

퍼퍼퍼퍼퍽!

"엇?"

그런데 퇴법을 날리는 염사곤의 얼굴이 경악으로 물들었다.

강기를 쓴 것은 아니었지만 분명 십 성 공력으로 펼친 퇴법이었다.

그런데 붉은 피부 강시의 몸에 퇴법이 꽂힐 때마다 강한 반탄력이 일어나 오히려 염사곤의 발에 충격이 느껴질 정도였다.

휙! 콱!

"아닛?"

그때 가만히 맞고만 있던 붉은 피부 강시가 그의 발목을 낚아챘다.

거구의 강시가 그의 발목을 잡아들어 올리자 염사곤이 거꾸로 매달린 꼴이 되어버렸다.

"크와아아아!"

강시가 괴성을 내지르며 염사곤을 냅다 바닥에 꽂아버렸다.

쾅!

"크헉!"

바닥에 꽂힌 염사곤의 입에서 피가 튀어나왔다.

"쿨럭쿨럭! 어어어엇!"

한 번 내려치는 것으로 끝이 아니었다.

두 번, 세 번 바닥으로 내려치더니 한쪽 벽면을 향해 염사곤을 던져 버렸다.

콰앙!

그 힘이 어찌나 강한지 염사곤의 몸이 공동 벽에 부딪치며 움푹 파일 정도였다.

내공을 실은 것도 아닌데 그 잠력이 놀라울 정도로 무궁무진했다.

"쿨럭쿨럭! 후우, 정말 괴물이군."

반탄강기를 일으켰는데도 그 충격이 너무 커서 내상을 입고 말았다.

정말로 목숨을 걸어야만 할지도 몰랐다.

뒤늦게 공동으로 들어온 모용월야 역시도 두려운 눈빛으로 붉은 강시를 쳐다보았다.

"이, 이 괴물은 대체 뭐야?"

"소형제, 위험하니 놈에게서 떨어지게."

염사곤이 내상을 입어 떨리는 목소리로 경고했다.

그의 경고가 끝나는 것과 동시에 붉은 피부 강시가 이번에는 모용월야를 향해 그 흉포한 야성을 드러냈다.

"크와아아아!"

"으헛!"

달려드는 거구의 강시에 기겁한 모용월야가 경공을 펼치며 피하려 했다.

바로 그 순간.

콰아아앙!

커다란 굉음과 함께 공동 한편의 벽면이 터지며 돌무더기 파편이 사방으로 튀었다.

그 위력이 어찌나 대단한지 폭발이라도 일어난 것처럼 공동 전체가 흔들렸다.

순간 벽면이 터지면서 누군가가 공동 내로 튕겨 나왔다.

"사, 삼석!"

붉은 강시의 폭주에 웅크려 있던 절곡의 곡주가 놀란 나머지 그 존재에게 소리쳤다.

공동 한가운데로 튕겨져 나온 존재는 하얀 가면을 쓴 조직의 삼혈로 중 삼석이라 불리는 자였다.

하얀 가면의 삼석은 상당한 충격을 받았는지 한쪽 무릎을 꿇은 채 움직임이 없었다.

그때 뚫려 있는 어두운 공동 벽에서 누군가가 천천히 걸어 나왔다.

이번에는 설유라가 그 존재를 향해 반색하며 소리쳤다.

"사마 공자!"

그는 바로 천마였다.

절곡의 숨겨진 은거지.

은거지에서 유일하게 숨겨진 통로가 있는 곳이 집무실이다.

집무실로 들어오는 입구를 제외하고 우측의 실험을 위한 공동으로 연결된 통로만 보인다.

하지만 집무실 책상 뒤편의 책장을 옆으로 밀면 숨겨진 통로가 드러난다.

비밀스러운 통로 안에서 긴 턱수염의 절곡 곡주가 집무실로 들어왔다.

드르르르!

볼일이 끝났는지 절곡의 곡주가 책상을 밀어 비밀 통로를 가렸다.

집무실의 의자에 앉아 있던 흰 가면의 삼석이 물었다.

"약선은?"

"일단 암실에 가둬두었습니다."

숨겨진 통로의 공간을 암실이라 부르는 듯했다.

절곡의 곡주가 인상을 찌푸리며 신경질적으로 말했다.

"난데없이 곡 내로 적이라니 어이가 없군요."

은거지가 만들어진 이래 한 번도 적의 침입을 받은 적이 없던 곳이다.

삼대금지라 알려진 곳인 만큼 절곡으로의 출입도 적었고, 누가 폭포수 뒤에 은거지가 있을 거라 짐작이나 하겠는가.

"입단속이 부족했군."

삼석의 의미심장한 말에 곡주가 당황스러운 표정을 지었다.

사실 누군가가 밀고하지 않고는 알아내기 힘든 장소였다.

"그, 그래도 침입자를 잡아낼 겁니다."

전보에 의하면 고작 한 명이 들어왔다고 했다.

"늦어."

차갑게 식은 그녀의 말에 곡주는 진땀이 났다.

은거지 내에 있는 전력을 전부 방어선으로 보냈는데 깜깜 무소식이다.

아무래도 안쪽까지 밀리고 있는 모양이었다.

'큭, 이러다 본 단까지 본 곡주가 무능력하다고 알려지면 어쩌지?'

언제든지 쓸모없는 존재는 금방 폐기하는 것이 조직의 철칙이었다.

아직 세상에 드러나선 안 되는 비밀이 들킨 것이나 마찬가지였기에 곡주의 목은 간당간당하다고 볼 수 있었다.

'하필이면 삼석이 왔을 때… 젠장!'

삼석이 자리에 없었다면 수습이라도 해볼 텐데 운이 없었다.

기분이 언짢은지 가라앉은 목소리로 삼석이 물었다.

"혈강시들의 조정은 전부 끝냈나?"

혈강시(血僵尸).

지금까지의 강시들과는 전혀 다른 이름을 가졌다.

앞에 붙은 혈(血) 자는 불길하기 짝이 없었다.

"아직 한 구가 완료되지 않은 상태입니다."

"다른 개체들은?"

"완료되어서 납기일에 맞춰 본 단으로 이송시켰습니다."

그나마 다행스러운 것은 그동안의 임무에는 하자가 없었다.

단지 하필이면 오늘 사건이 터지지만 않았다면 말이다.

"약선이란 자의 능력이 쓸모가 있긴 하군."

"현 중원에서 의술로는 최고라 불리는 자죠. 대업에 큰 도움이 될 겁니다."

그동안 진척이 느리던 시침술을 획기적으로 변혁시켰다.

기간도 단축되어서 많은 강시의 조정을 마칠 수 있었다.

약선을 잘 활용하면 대업을 진행시키는 기간이 더욱 빨라질 거라 확신하는 곡주였다.

휙!

그때 흰 가면 속 삼석의 시선이 집무실로 들어오는 통로 쪽으로 향했다.

갑작스러운 그녀의 반응에 절곡의 곡주가 의아해했다.

'왜 그러시는 거지?'

비록 적이 침입했다고는 하나 고작 한 명에 불과했고 그 많은 방어선을 뚫으려면 한참 걸릴 것이다.

"저… 삼석?"

삼석이 손을 들어 보이며 그에게 가만히 있으라는 의중을 표했다.

가면에 가려져서 얼굴 표정은 보이지 않았으나 뭔가를 감지한 것 같았다.

"빠르군."

그녀의 말에 곡주가 반문했다.

"네?"

"벌써 지척에 도달했다."

"헛? 그, 그럴 리가요."

절곡의 곡주인 그는 화경의 경지에 오른 고수였다.

조직의 삼혈로에 비하면 모자랐으나 중원의 고수들보다는 훨씬 뛰어나다고 자부하는 그였다.

적어도 백 장 이내의 기척은 감지해 낼 수 있는데 아직까지 특별한 것을 느끼지 못했다.

"…사라지는 자들의 기척에 집중해라."

삼석의 말에 절곡의 곡주가 고개를 갸웃거리며 시키는 대로 했다.

기망을 열고 집중하자 사방의 기척이 감지되었다.

뭔가 이상했다.

그녀의 말대로 방어선을 구축하던 수많은 조직원의 기척이 사라졌다.

이곳으로 향하는 통로에 배치된 기척이 하나둘씩 사라져 갔다.

그것도 굉장히 빠른 속도였다.

"이, 이게 대체 어찌……."

적의 기척은 아무리 감지하려 해도 느껴지지 않았다.

그런데 아군의 기척이 죽어가는 것만 느껴지니 놀라지 않을 수가 없었다.

"왔군."

그녀가 의미심장한 목소리로 말했다.

삼석의 말에 양옆에 서 있던 검은 복장의 보좌들이 천천히 검을 빼들었다.

절곡의 곡주 역시 긴장된 표정으로 자리에서 일어났다.

'옆 통로로 누군가 향하는군.'

삼석은 다른 누군가의 기척이 도착한 것을 감지했다.

아무래도 혼자가 아닌 듯했다.

아직 실험 공동에 백 구에 달하는 귀강시와 혈강시 한 구가 있었다.

"곡주."

"네, 삼석!"

"지금 당장 실험 공동으로 가서 혈강시를 가동시켜라."

"네?"

"어서!"

"알겠습니다!"

다그치는 그녀의 한마디에 절곡의 곡주는 다급하게 옆 통로로 들어갔다.

곡주가 가자 그녀는 눈을 감고 통로로 다가오는 기척에 집중했다.

매우 흉흉하면서도 심연과도 같은 어둠이 느껴졌다.

저벅저벅!

발걸음 소리가 가까워졌다.

하얀 가면을 쓴 삼석의 눈매가 날카로워졌다.

보폭 한 걸음 한 걸음에 실려 있는 무게감.

그것에서는 어떠한 빈틈도 찾을 수가 없었다.

'현 중원 무림에 이런 고수가 있었나?'

그때 집무실의 통로 문이 열리려 했다.

끼이이익!

"제거해라."

그녀의 명령이 떨어지자 두 보좌의 검에서 붉은 검기가 생겨나며 기습적으로 침입자를 향해 검초를 펼쳤다.

초절정의 경지에 오른 두 보좌의 검초는 날카로우면서 정확했다.

한순간에 침입자의 목과 가슴의 요혈을 꿰뚫으려는 찰나

였다.

푸푹!

"컥!"

두 보좌의 검이 침입자의 몸에 닿기도 전에 그들의 몸에 검기가 관통했다.

심장과 머리를 꿰뚫린 두 보좌는 단말마의 비명과 함께 차가운 주검이 되고 말았다.

선공을 한 쪽보다 훨씬 빠른 출수는 가히 쾌검이라 할 만했다.

'출수가 정말 빠르군.'

그걸 지켜본 삼석은 내심 감탄했다.

"기습을 할 거면 똑바로 하던가. 쯧."

툴툴거리면서 시신을 밟고 들어오는 흑포의 사내.

그는 바로 천마였다.

가만히 앉아 있던 하얀 가면의 삼석이 자리에서 몸을 일으켜 세웠다.

삼석이 일어난 것만으로도 집무실이 진기로 가득해지며 공기가 한층 무거워졌다.

"호오?"

천마의 입에서 탄성이 흘러나왔다.

다소 왜소해 보이는 체구와 달리 풍기는 기운에 감탄한 것이다.

적어도 화경 이상의 고수임에 틀림없었다.

"네놈아 이곳의 수장이냐?"

천마의 단도직입적인 질문에 하얀 가면의 삼석은 아무 대답도 하지 않았다.

오히려 곧바로 출수했다.

그녀의 섬섬옥수가 붉은 옥구슬처럼 물들더니 천마의 심장을 노렸다.

팍!

그러나 이미 공력을 끌어 올려 기습에 대비하고 있던 천마의 일장에 막히고 말았다.

두 사람의 손이 부딪치자 강한 파공음이 생기며 방 안에 있던 가구가 쓰러지고 물건들이 부서지거나 날리며 엉망이 되었다.

천마의 표정이 심상치 않았다.

예상보다 강한 공력 탓도 있지만 삼석이 펼친 무공 때문이었다.

"혈옥수(血玉手)?"

그것은 혈교의 삼대호법 무공 중 하나였다.

소수마공에서 기원하여 만들어진 혈옥수는 그 위력이 워낙 잔인하고 포악해서 한번 당하면 회복하기 힘든 무공이었다.

"현천유장?"

천마만이 그녀의 무공을 알아본 것이 아니었다.

삼석 역시도 천마가 펼치는 무공이 무엇인지 단번에 알아봤다.

흉흉한 마기가 담긴 일장을 알아보지 못할 리 없었다.

"당신, 마교의 교주와 무슨 관계인가요?"

"계집?"

하얀 가면에서 들린 여자의 목소리에 천마의 눈썹이 치켜 올라갔다.

그런 천마의 태도가 삼석의 심기를 자극했다.

"말투마저 빼다 닮은 걸 보니 그놈의 후손이 맞나 보군요."

"후손?"

고오오오오!

"이런?"

비등한 공력으로 맞부딪치고 있었는데 그녀의 공력이 갑자기 치솟았다.

온몸에 붉은 기운이 넘실거리더니 가면 틈 사이의 눈에서 붉은 안광을 내뿜었다.

'붉은 눈?'

그 순간 삼석의 왼손이 천마의 안면을 뚫을 기세로 무섭게 쇄도했다.

놀란 천마가 다급히 고개를 옆으로 꺾어 그것을 피했다.

콰콰콰콰쾅!

핏빛으로 물든 손에서 뻗어 나온 붉은 강기가 집무실 벽을 꿰뚫었다.

집무실의 벽면이 동굴 벽임에도 얼마만큼의 깊이로 뚫렸는지 파악이 되지 않을 정도로 위력적이었다.

'혈옥수가 이렇게 패도적인 무공이었나?'

상상을 초월하는 위력에 놀라웠다.

천 년 전에 상대하던 무공인 만큼 그 위력을 잘 알고 있었다.

그 당시에도 혈옥수는 상대하기 껄끄러운 무공이었는데 지금은 그때와 비교도 할 수 없을 만큼 강했다.

"그걸 피하다니, 그래도 조상의 피는 제대로 물려받았나 보군요."

바로 코앞에서 공격했는데 피해냈다.

방심했으면 그대로 얼굴이 꿰뚫려 죽었을 것이다.

"살벌한 여자구만. 크큭."

오히려 천마가 담대하게 웃자 하얀 가면의 삼석은 빈정 상했는지 차갑게 식은 목소리로 말했다.

"이 상황에서 웃음이 나오다니… 제법이라고 칭찬해 주고 싶지만 당신의 시조가 온다고 해도 본녀의 상대가 될 것 같습니까?"

"시조?"

'이 계집, 설마?'

그녀는 천마를 그 본인의 후손으로 착각한 듯했다.

천마의 눈빛이 가늘어졌다.

그런 오해를 했다는 것은 단순히 혈교의 잔당이 아니라 분명 과거로부터 부활한 자가 틀림없었다.

"현 무림에서도 제법 실력이 뛰어난 것 같지만 당신에게 새로운 세계를 보여드리죠."

오만함에 가득 찬 목소리였다.

하얀 가면의 삼석이 붉게 물든 양손을 교차하면서 회전을 가하자 집무실에 강한 압력이 생겨나며 진기가 터져 나갈 만큼 차올랐다.

어설픈 무위를 지닌 자들은 내상 정도가 아니라 죽을지도 몰랐다.

"하압!"

드드드드드!

붉은 진기가 일어나며 동굴의 집무실 전체가 들썩였다.

심후한 수준을 넘어서 그야말로 괴물 같은 공력이었다.

그것은 공력의 순환이 자유로운 화경의 수준을 넘어선 대기의 사기(私氣)마저 끌어내는 경지였다.

'…현경이군.'

지금까지와 달리 천마의 눈빛이 진지해졌다.

"지금부터 당신은 움직일 수도 없을 겁니다. 후후후."

엄청난 공력의 압박에 천마가 당혹스러워한다고 여겼는지 가려진 가면 속 그녀의 입가로 의기양양한 미소가 감돌았다.

지옥에서조차 증오하고 멸하고 싶던 그자의 후손이다.

'어떻게 죽여야 본녀의 한을 풀 수 있을까.'

생각만 해도 즐거워지고 있었다.

그러나.

"가면 속에서 잘도 쪼개는구나."

"뭣?"

저벅!

"어엇?"

그녀의 혈마기로 가득해진 집무실은 누구도 움직일 수 없었다.

화경의 고수라 해도 함부로 움직였다가는 내상을 입을 수도 있는데 너무도 가볍게 발자국을 뗀 것이다.

삼석이 더욱 기를 끌어모으며 천마를 압박했다.

하지만 천마는 전혀 개의치 않고 그녀를 향해 걸어왔다.

"다, 당신, 뭐야? 어떻게 이 진기 속에서 움직일 수 있는 거지?"

마교의 시조인 천마가 돌아와도 더 이상 자신을 막지 못할 거라 여긴 그녀였다.

부활한 이후 천 년 전과는 비교도 안 될 만큼 강해졌다.

"고작 끌어모은 기로 상대를 압박하는 게 어쨌다고?"

쏴아아아아!

천마가 손을 펴는 시늉을 하자 놀랍게도 집무실을 압박하던 혈마기가 수그러들었다.

오히려 집무실 안에선 흉흉하면서도 죽음을 연상케 하는 어둠이 느껴졌다.

"이, 이건……?"

그녀의 목소리가 떨렸다.

천 년 전에 느끼던 그 공포가 다시 떠올랐다.

중원무림을 공포로 떨게 만들던 만마의 시조이자 천만대산의 수장, 그리고 혈교를 멸망시킨 장본인.

"당신이 어떻게……?"

"그러게. 오랜만이네, 빌어먹을 혈교의 계집. 아니, 혈옥수의 당연경이었나?"

"……!!"

하얀 가면 사이로 보이는 그녀의 눈빛이 흔들렸다.

동굴의 집무실을 가득 메운 넘실거리는 마기.

삼석은 얼마나 놀랐는지 입이 벌어질 뻔했다.

복수를 꿈꾸면서도 뼛속까지 두려움이 새겨져 있던 그자가 눈앞에 서 있었다.

전생에서 죽기 전에 마지막으로 겪은 공포는 부활해서도 여전히 그녀를 괴롭혔다.

그러나 긴 세월 동안 쌓아온 분노와 복수심 역시도 그에 못지않았다.

'…그자… 그자… 그자야!'

차츰 떨림이 멈췄다.

흔들리던 그녀의 눈빛이 날카로워지며 붉은 안광이 짙어졌다.

붉게 물든 동공 속에 분노가 차올랐다.

"천, 천마아아아아아아!"

그녀의 양손이 핏빛으로 물들며 붉은 강기의 혈옥수가 천마에게로 쇄도했다.

혈옥수는 천마의 머리를 뜯어낼 기세였다.

"여전히 물불을 안 가리는군."

천마의 오른손에 강한 기가 응집되더니 투기가 넘치는 권강이 형성되었다.

그것은 북호투황의 독문 무공인 투호권강이었다.

파악!

"앗?"

픽!

천마가 왼손의 부드러운 현천유장으로 혈옥수를 막아내더니 오른손의 투호권강이 삼석의 가슴에 작렬했다.

거대한 성문마저 한 방에 부수는 투호권강이 작렬하는 순간 그녀가 호신강기를 펼쳤으나 그 위력을 상쇄시키기에는 역부족이었다.

"아아아아아악!"

콰콰콰콰쾅!

순식간에 그녀의 몸이 권강과 함께 단단한 동굴 벽을 뚫고 지나갔다.

아무래도 옆 통로로 이어진 공동까지 뚫린 것 같았다.

북호투황의 권은 가히 외가 무공의 정점이라 할 만했다.

"흐음, 쓸 만한데."

천마가 자신의 오른팔을 쳐다보면서 중얼거렸다.

그는 상대를 마무리 짓기 위해 자신의 권강이 만들어낸 통로를 따라 들어갔다.

아무리 위력이 강하다고 해도 현경의 고수가 일 권에 당할 리는 없었다.

'여기에서 강시들을 만들었나? 천 년 전과 전혀 다를 바가 없군. 쯧쯧.'

통로를 통과하자 나온 광경에 천마는 속으로 혀를 찼다.

거대한 공동 안에 수많은 귀강시가 누워 있는 모습을 보니 여전하다는 생각이 들었다.

죽지 않고 상처를 자가 재생하는 병력의 위험도는 컸다.

'자신들도 통제할 수 없는 것들을 뭐 하러 만드는지……'

일반 강시는 그렇다 쳐도 귀강시 이상의 존재들은 인과의 부조리 그 자체이기에 통제가 힘들었다.

그때 설유라의 외침이 그의 고막을 때렸다.

"사마 공자!"

하지만 천마는 이를 가볍게 무시하고 공동 한가운데까지 튕겨 나간 삼석에게로 다가갔다.

상당한 충격을 받았는지 그녀는 무릎을 꿇은 채 꼼짝도 하지 않고 있었다.

강기가 주는 피해는 호신강기로 겨우 막아냈지만 외가 무공의 정점인 투호권강을 정면으로 맞으면서 외상을 입은 듯했다.

"그럼 끝을 내볼까."

천마가 허리춤에 차고 있던 검집에서 현천검을 뽑으려 했다.

"이보게! 조심하게!"

"응?"

그녀에게 마지막 일격을 가하려던 천마에게 염사곤이 다급하게 외쳤다.

"크와아아아아아앙!"

그때 짐승이 포효하는 외침과 함께 거구의 뭔가가 천마를 향해 달려들었다,

그것은 붉은 피부 강시였다.

모용월야를 덮치던 붉은 피부 강시의 목표가 천마로 바뀐 것이다.

"이건 또 뭐야?"

기습과도 같이 달려든 붉은 피부 강시가 천마를 향해 거대한 주먹을 휘둘렀다.

태산이라도 부술 것 같은 기세였다.

퍽!

놀라운 일이 일어났다.

당연히 붉은 피부 강시의 괴력에 당하리라 여겼는데 아니었다.

"저걸… 막다니……!"

얼마나 놀랐는지 염사곤이 어안이 벙벙한 표정을 지었다.

천마는 오른손으로 붉은 피부 강시의 주먹을 가볍게 막아냈다.

자세가 불균형한 상태에서 막았는데 밀려나지도 않았다.

"아니… 혈강시의 공격을 버텨내다니……."

절곡의 곡주 역시도 입이 벌어지며 놀람을 금치 못했다.

붉은 피부 강시의 정식 명칭은 혈강시.

그것은 귀강시를 능가하는 개체로, 초절정의 고수 이상의 시체로 만들어진 강시였다.

높은 경지의 고수들로 만들어지다 보니 그 생전의 내공과 진기가 전부 잠력화되어 극강의 외공을 지닌 것이 혈강시였다.

'저놈, 금강불괴라도 된단 말인가.'

북호투황의 오른팔은 외가 무공의 정점이라고 할 수 있다.

아무리 혈강시라고 해도 그 힘이 아래일 수밖에 없었다.

"크와아아아아!"

자신의 공격이 막힌 것에 대해 분노라도 한 것일까.

혈강시가 괴성을 지르면서 다른 팔을 천마에게 휘둘렀다.

"칫!"

오른팔을 제외한 몸이 외공의 정점에 오른 것은 아니었다.

천마가 현천유장으로 혈강시의 주먹질을 흘려보내 다른 방향으로 향하게 했다.

쾅!

단단한 동굴 바닥에 거대한 구멍이 뚫렸다.

정면으로 막았으면 큰 낭패를 보았을 것이다.

괴물 같은 혈강시의 힘에 천마가 혀를 내둘렀다.

"한 대 맞으면 골로 가겠구만."

"크와아아아아!"

"젠장, 왜 이렇게 시끄러워!"

혈강시는 두 번이나 자신의 공격이 허사가 된 것에 분노했는지 괴성을 지르며 천마에게 달려들었다.

천마는 혈강시의 난폭한 공격을 최소한의 보법으로 피해냈다.

그것은 어지간한 배짱이 없으면 힘든 일이었다.

천마가 혈강시를 상대하는 사이 절곡의 곡주가 바닥에 한쪽 무릎을 꿇고 있는 삼석에게로 다급히 달려갔다.

"삼석, 괜찮으십니까?"

"…괜찮다."

우려와 달리 충격의 여파가 어느 정도 가셨는지 삼석이 자리를 털고 일어섰다.

그러나 몸을 일으켜 세우니 가슴에 강한 통증이 느껴졌다.

"…크흑."

"사, 삼석!"

삼석은 비틀거리는 자신을 붙들려는 곡주의 팔을 뿌리쳤다.

내상을 입은 것은 아니었지만 뼈에 금이 간 것 같았다.

'빌어먹을!'

부활 후 뼈를 깎는 수련으로 강해진 그녀였다.

그런데 일순간의 분노를 이기지 못하고 냉철함을 잃은 탓에 부상을 입은 것이 수치스러웠다.

그런 그녀와 곡주의 앞으로 염사곤이 투기를 내뿜으며 다가왔다.

그들이 이곳의 수장임을 알기에 천마가 혈강시를 상대하는 동안 제압하려는 것이다.

[염 대협, 저들이 부상을 입은 것 같으니 약선의 행방을 찾아야 해요.]

전음을 보내며 설유라가 직접 나서려 했다.

하지만 하얀 가면의 삼석에게서 풍겨오는 기운이 보통이 아니었다.

비록 부상을 입었다고는 하나 여전히 위험하다고 판단했기에 염사곤은 그녀가 나서는 걸 만류하고 본인이 나선 것이다.

'이놈도 보통 고수가 아니구나.'

조금 전 혈강시의 공격으로 내상을 입었지만 여전히 건재한 염사곤이었다.

검하칠위의 일인답게 풍기는 기세가 남달랐다.

'이놈들 때문에 본 곡주가 쌓아온 모든 것이… 크으으!'

경계심도 잠시, 분노가 치솟는 절곡의 곡주였다.

상황이 이렇게까지 꼬였으니 분명 조직에서 문책을 당할 것이 틀림없었다.

"네놈들은 대체 누구기에 이곳을 습격한 것이냐?!"

곡주가 노기에 가득 찬 목소리로 호통쳤다.

설유라에 관해서는 알고 있지만 그 외에는 누가 누구인지 모르는 곡주였다.

잠시 곡주를 응시하던 염사곤이 가볍게 포권을 하며 말했다.

"본인은 무림에서 퇴왕이라는 별호를 가진 염사곤이라고 하오."

어차피 적으로 만났기에 일단 제압한 후에 심문할까 하다 상대 역시도 한 세력권의 수장이기에 예의를 차렸다.

"퇴왕? 참으로 거창한 별호로구나!"

화가 난 그에게서 좋은 소리가 나올 리 없었다.

물론 절곡의 곡주인 그는 몇 십 년 동안이나 이곳을 벗어나지 않았기에 무림 인사들의 이름에 대해서는 잘 모르기도 했다.

적대감을 물씬 풍기는 곡주를 향해 이번에는 염사곤이 물었다.

"이번에는 본인이 묻겠소. 그대들은 어떤 조직이고, 이런 해괴한 것들을 만들어서 무엇을 할 작정이오?"

'아, 약선은?'

설유라가 인상을 찡그렸다.

약선에 대해서 먼저 묻기를 바랐으나 염사곤이 다른 것을 물은 것이다.

염사곤은 정파의 구성원으로서 이들 조직의 정체가 무엇이기에 이렇게 위험하기 짝이 없는 강시를 만드는지 의문이었다.

그러나 조직의 비밀이기도 한 것을 가르쳐 줄 리가 없었다.

"건방지게 남의 은거지로 쳐들어와서 그딴 요구를 해?"

곡주의 몸에서 붉은 혈마기가 뭉실뭉실 올라오기 시작했다.

그것은 사악하면서도 기분 나쁜 기운이었다.

"역시 말로는 힘들겠구려."

염사곤 역시도 다리를 들어 올리며 퇴법의 기수식을 취하며 내공을 끌어 올렸다.

어차피 순순히 가르쳐 주리라고는 생각지 않았다.

그때 하얀 가면 속에서 삼석의 목소리가 들려왔다.

"네놈은 현 무림에서 몇 번째로 강하지?"

'…이자, 여자였나?'

뜬금없는 질문에 염사곤이 잠시 멈칫했다.

가면 속에서 들린 목소리가 여자인 것도 의외였지만 질문이 참으로 오묘했다.

현 무림에서의 서열을 물은 것이니 말이다.

잠시 망설이던 염사곤이 자신감에 가득 찬 목소리로 말했다.

"본인은 못해도 무림에서 열 손가락 안에 들 것이오."

적어도 자신의 위로 확실하게 존재하는 오황, 그리고 검하칠위의 일, 이, 삼 서열에 존재하는 그들만큼은 실력이 확실했다.

그 외에는 다른 검하칠위라고 해도 겨뤄서 지지 않을 자신이 있었지만, 저 거구의 강시를 상대하고 있는 저 젊은 청년과는 솔직히 승부를 장담할 수 없었다.

"그래? 그렇다면 본녀가 잘못된 것이 아니었군."

"뭐?"

그 순간 삼석이 손을 뻗자 강대한 진기가 소용돌이치며 염사곤에게 쇄도했다.

어떻게 대응할 틈도 없었다.

"흐헛?"

휘리리리릭! 쾅!

진기의 소용돌이에 맞은 염사곤의 몸이 회전하며 공동의 한쪽 벽으로 날려갔다.

삼석이 차가운 눈빛으로 혈강시와 겨루고 있는 천마를 보면서 중얼거렸다.

"본녀가 약할 리가 없지. 저놈이……."

차마 괴물이라는 말은 나오지 못했다.

혈강시의 공격에 이어 두 번째 벽에 꽂힌 염사곤은 당혹스러움을 금치 못했다.

혈강시가 알 수 없는 잠력이 바탕이 된 괴력이라면 하얀 가면의 삼석은 근원적으로 달랐다.

주르륵!

염사곤이 입가에 흘러내리는 선혈을 닦았다.

그는 확신할 수 있었다.

검황에게서 느끼던, 한계를 알 수 없는 무궁무진한 내공의 힘을 그녀에게서 느꼈다.

그것은 화경을 넘어선 역량에서 발휘된다.

"젠장, 현경의 고수."

오황 이래로 처음 나타난 현경의 고수였다.

드넓은 중원무림에 은자나 숨은 실력자들이 있을 거라고는 생각했다.

하지만 그것이 적으로 등장하니 난감하기 그지없었다.

"이를 어찌하나? 저 강시 하나도 상대하기가……."

슈육! 쾅!

그의 말이 끝나기도 전에 혈강시가 허공으로 치솟더니 머리가 동굴 공동의 천장에 박혔다.

천마가 현천유장의 부드러운 장결로 혈강시의 끝없는 잠력의 괴력을 이화접목시킨 것이다.

본인의 괴력을 주체 못한 혈강시는 천장에 머리가 박히자 빠져나오기 위해 아등바등했다.

"후우, 이제 네년을 어떻게 해볼까."

천마가 의미심장한 눈빛으로 하얀 가면의 삼석을 향해 걸어왔다.

그런데 그녀의 반응이 심상치가 않았다.

"그전에 이것부터 해결해 보시죠."

"응?"

삼석이 손바닥을 아래로 내리더니 하늘을 향해 손을 뻗었다.

그러자 공동 바닥이 들썩거리며 귀강시들이 누워 있는 판자가 움직였다.

"무슨 짓을 하는 것이냐?"

천마가 눈을 가늘게 뜨고 삼석을 노려보았다.

삼석이 들뜬 목소리로 답했다.

"어디 한 번 고생해 보시죠."

포포포포퐁!

그녀의 말이 끝남과 동시에 귀강시들의 몸에 꽂혀 있던 침이 전부 뽑혀 나갔다.

침이 뽑혀 나가자 조용히 눈을 감고 있던 귀강시들이 잠에서 깨어났다.

"크르르르르!"

백 구에 달하는 귀강시를 일깨운 것이다.

설유라와 모용월야의 얼굴이 하얗게 질렸다.

"크와아아아앙!"

말 그대로 아수라장이었다.

파란 피부의 귀강시들은 깨어나자마자 그 고유의 야성을 드러냈다.

산 자를 먹고자 하는 탐욕이다.

그들은 날카로운 이빨과 손톱을 드러내며 천마를 비롯한 염사곤에게 달려들었다.

"빌어먹을!"

내상을 입지 않았다면 괜찮았을 것이다.

현경의 고수인 삼석의 일격에 내상을 입으면서 공력을 끌어올리는 것이 원활하지가 못한 염사곤이다.

퍼퍼퍼퍽!

염사곤이 화려한 퇴법으로 주위를 둘러싼 귀강시들을 튕겨냈다.

여전히 움직임은 살아 있고 퇴법은 쾌속했다.

단지 내상으로 인해 오 성의 공력에 불과하다 보니 귀강시
들이 전혀 타격을 받지 않았다.

'강기만이 답인가.'

무리해서 강기를 끌어내면 내상이 도질 수도 있었다.

하지만 여기서 개죽음을 당한다면 그게 더 억울할지도 몰
랐다.

결국 염사곤의 두 발에 하얀빛의 강기가 어렸다.

꿀꺽!

속에서부터 올라오는 핏물을 억지로 삼켰다.

강기로 펼치는 광풍퇴법은 그야말로 폭풍과도 같았다.

그의 퇴법에 맞은 귀강시들이 신체 일부가 터져 나가며 고
통스럽게 울부짖었다.

스르르륵!

한데 귀강시들의 터져 나간 상처가 빠르게 재생했다.

그들을 움직이는 핵이 소멸되지 않았기 때문이다.

"젠장, 첩첩산중이군."

한편.

"우웩!"

귀강시들이 전부 깨어나니 그들이 흘리는 사기(私氣)가 보통
이 아니었다.

선인의 수련을 했기에 원영신을 자유자재로 닫을 수 있는

천마와 달리 모용월야는 어지러운 것을 넘어서 토사물까지 올려내고 있었다.

"하아, 하아……."

수련을 받지 않은 그가 견뎌낼 수 있는 허용 범주를 넘어선 것이다.

옆에 있던 설유라가 걱정스러운 시선으로 그를 힐끔 쳐다보았다.

"모용 공자, 괜찮아요?"

"괘, 괜찮… 우웩!"

전혀 괜찮지 않았다.

절곡에 왔을 때부터 버텨오던 것이 터진 것이다.

'이를 어찌하나?'

설유라는 당황스럽기 그지없었다.

백 구에 달하는 귀강시가 폭주한 상황에서 모용월야를 지킬 자신이 없었다.

그러나 다행스러운 것이 있었다.

"아?"

귀강시들이 모용월야와 설유라를 전혀 인지하지 못하고 있었다.

미친 듯이 괴성을 질러대며 천마와 염사곤을 향해 달려들 뿐 마치 설유라는 보이지 않는 사람처럼 스쳐 지나갔다.

그것은 진즉에 뿌려둔 망혼향의 효과였다.

혈강시의 공격을 받으면서 망혼향의 효과가 다 떨어졌다고 여겼는데 그게 아니었나 보다.

"다행인… 건가?"

내심 안도하는 마음이 들었으나 폭주하는 귀강시들을 상대하는 저들을 바라보니 그런 생각도 잠시뿐이었다.

"아!"

설유라는 문득 좋은 수를 떠올렸다.

귀강시들이 자신을 인지하지 못하는 것이지 자신이 못 보는 것은 아니었다.

그렇다면 더욱 수월하게 해결할 수 있었다.

'내 생각이 맞는다면……'

챙!

설유라는 검집에서 창천검을 뽑아 들었다.

창천검에서 날카로운 예기와 함께 특유의 선기가 흘러나왔다.

"크르르르!"

"아?"

그런데 검을 뽑기 무섭게 주변에 있던 귀강시들이 그녀를 향해 고개를 돌렸다.

놀란 설유라가 조용히 검집에 검을 꽂았다.

그러자 귀강시들이 다시 아무것도 보이지 않는 것처럼 고개를 돌렸다.

어떤 이유에서인지 모르겠으나 귀강시들은 선기에 민감하게 반응했다.

'이러면 아무것도 할 수 없잖아!'

설유라는 참담한 마음에 울상이 되었다.

강기가 아니면 꿈쩍도 하지 않는 귀강시들이다.

결국 이 괴물들을 처리할 수 있는 것은 천마와 염사곤뿐이었다.

"크와아아아아!"

"시끄럽다!"

촤아아악!

미친 듯이 달려드는 귀강시들을 향해 천마가 귀찮다는 듯이 검을 그었다.

현천검의 마기가 오히려 사기를 촉발할 수도 있어 맨손으로 강기를 펼쳤다.

사르르르!

천마의 검강에 당한 귀강시들이 재가 되어 흩날렸다.

원영신을 개방해서 핵을 단번에 찾아내 일수에 제거해 버리니 귀강시들이라고 어쩔 도리가 없었다.

단지 그 수가 많아서 애를 먹을 뿐이었다.

뿌득!

'괴물 같은 놈! 귀강시들이 그저 시간 끌기에 불과하다니!'

삼석이 입술을 깨물며 인상을 찡그렸다.

사전에 천마가 귀강시들을 쉽게 제거한 것을 보고받지 못한 그녀였다.

핵을 제거하지 못한다면 아무리 강기라고 해도 귀강시들을 쉽게 처리할 수 없었다.

그런데 천마는 이상할 정도로 핵을 단번에 찾아냈다.

'어떻게 강시의 핵을 단번에 찾아내는 거지?'

그 비밀이 궁금했다.

과거에도 그랬지만 지금의 천마는 너무도 위험했다.

먼 옛날에도 전성기의 조직을 괴멸시킨 자였다.

방심한 것은 오히려 자신일지도 몰랐다.

쏴아아아아아!

"아?"

그때 삼석의 예민한 감각에 자신을 위협하는 기운이 감지됐다.

그것은 매우 정순한 선기의 기운이었다.

그러나 이내 느껴지던 선기가 자취를 감추었다.

'어디지?'

삼석이 날카로운 눈매로 선기가 흘러나온 진원지를 추적

했다.

그리고 그녀의 눈에 푸른 검집을 잡고 어쩔 줄 몰라 하는 설유라가 들어왔다.

푸른 검집을 보는 순간 삼석의 눈빛이 빛났다.

'창… 천검?'

천 년 전에 자신들을 위협한 것은 천마만이 아니었다.

단신으로 자신들을 궁지에까지 몰아넣은 절대적인 존재가 또 있었다.

혈마기를 누를 수 있는 상성의 기운.

그것은 선기(仙氣)였다.

절대적인 무력으로 괴롭히던 천마보다 천적과도 같은 자가 바로 검선이었다.

'저 검은 너무 위험해.'

검선 본인이 없다고는 하나 창천검에 담겨 있는 선기는 치명적이다.

혈마기를 가진 자들이 저 검에 당하면 가진 힘을 회복하기 힘들었다.

자신의 주군인 '그분'조차도 검선의 선천공과 저 창천검의 위력에 꽤나 애를 먹었다.

'그녀를 건드리지 말라고 했지… 검을 건들지 말라는 말은 없었지.'

이참에 창천검을 부숴야겠다고 생각한 삼석이 몸을 움직였다.

"삼석?"

절곡의 곡주는 삼석의 시선이 설유라에게로 향하자 불안해져 그녀를 만류하려 했다.

하지만 이미 그녀의 신형은 설유라에게 도달해 있었다.

갑작스럽게 정체 모를 하얀 가면의 삼석이 나타나자 설유라는 당황했는지 검병으로 손을 가져다 댔다.

"검을 뽑으면 죽습니다."

삼석이 위협적인 목소리로 그녀에게 속삭였다.

살기 어린 목소리를 듣는 것만으로도 목에 검날이 들어온 것처럼 섬뜩함을 느꼈다.

식은땀이 흘러내리며 몸을 움직일 수가 없었다.

'…사마 공자는 이런 괴물을 상대한 건가.'

새삼 천마가 대단하다는 생각이 들었다.

웬만한 고수들을 많이 접해본 그녀이지만 이렇게 사이하면서도 사람의 목숨을 위협하는 기운은 처음이었다.

"잘했어요. 자신의 위치를 자각하는 것도 오랜 수명을 위해서 좋답니다."

삼석이 만족스럽다는 듯이 그녀에게 말했다.

어차피 검을 뽑을 수 있는 상황이 아니었지만 그런 말을 들으니 자존심이 상하는 설유라였다.

분에 겨워하는 표정이 눈에 들어오자 삼석이 그녀의 얼굴에 손을 가져다 댔다.

쓸어내리듯이 손끝으로 고운 이마를 비롯해 머리를 매만지더니 귀에다 입술을 가까이하며 속삭이듯 말했다.

"그분을 위해서라도 계속해서 이런 순종적인 모습을 보이길 바라요."

'그분?'

알 수 없는 삼석의 말에 설유라가 이해할 수 없다는 표정을 지었다.

그러던 차에 삼석이 그녀가 들고 있는 창천검의 검집을 낚아채듯이 빼앗아 들었다.

"앗! 내, 내놔요!"

설유라가 화들짝 놀라며 검집을 찾아오려 했다.

그러나 검집을 빼앗은 삼석이 어느새 삼 보 뒤로 물러나 있었다.

사문의 보물을 쉽게 빼앗기자 압도적인 무력을 지닌 존재에 대한 공포심은 온데간데없이 사라진 그녀였다.

"당장 검을 내놔요!"

설유라가 보법을 펼치며 그녀를 향해 권을 날렸다.

그러나 현경의 고수인 삼석 앞에서 그녀의 권은 아이의 주먹질과도 같았다.

"후후후."

"아아악!"

삼석이 가볍게 손을 휘젓자 설유라의 몸이 핑그르르 돌며 공동 한쪽으로 날려가 버렸다.

공동 벽에 부딪친 그녀는 바닥에 쓰러진 채로 기절하고 말았다.

그녀의 긴 머리카락 사이로 피가 흘러내리고 있다.

하얀 가면 사이로 흥분을 감추지 못하는 삼석의 웃음소리가 흘러나왔다.

"호호호호호호호! 드디어 이 지긋지긋한 검을 없앨 수 있게 되었군요."

삼석이 푸른 검집에서 검을 뽑기 위해 검병을 손에 쥐었다.

그 순간 검병에서 선기가 흘러나오며 그녀의 손바닥이 뜨겁게 달아올랐다.

치이이익!

"아악!"

댕그랑!

놀란 삼석이 검집을 떨어뜨렸다.

천 년이라는 세월이 흐르면서 생겨난 검의 영기가 보통이 아니었다.

현경의 고수인 그녀의 혈마기를 밀어내고 통증을 유발시킬 정도였다.

"이 망할 고철 덩어리가!"

그녀는 빨갛게 화상을 입은 자신의 손바닥을 쳐다보며 분노에 찬 눈빛으로 창천검을 노려보았다.

분노한 삼석은 검을 뽑은 뒤 발에 공력을 끌어 올려 단숨에 밟아 부러뜨릴 작정이었다.

바로 그때였다.

휘리리릭!

바닥에 떨어져 있던 검집이 날아오르며 누군가의 손으로 빨려들어 갔다.

검을 회수한 자를 쳐다본 삼석이 실망스러운 기색을 감추지 못했다.

'검을 부쉈어야 하는데.'

좋은 기회를 놓친 것 같았다.

하필이면 다른 누구도 아닌 천마의 손으로 들어간 것이다.

'그렇다고 해도 저 검을 사용할 순 없지.'

선기는 혈마기만을 배척하는 것이 아니라 마기와 사기와도 공생할 수 없었다.

저자의 손에서 검을 빼앗기는 힘들었지만, 어차피 천마 역시도 저 검을 사용할 수도 없으니 큰 위협이 될 수 없으리라.

"엇?"

한데 아니었다.

챙!

천마가 의미심장한 미소를 짓더니 단숨에 창천검을 검집에서 뽑아내 귀강시들을 베는 것이 아닌가.

자신이 잡았을 때는 검의 영기가 선기를 뿜어내며 거부했다.

마도의 종주이자 저런 소름이 끼치는 마기를 뿜어대는 그가 어째서 창천검을 쓸 수 있는지 이해할 수 없었다.

'어떻게… 이런 일이!'

그렇지 않아도 귀강시들을 쉽게 처리하던 천마이다.

창천검을 잡으니 거의 학살에 가까운 수준으로 귀강시들을 없애 나가고 있었다.

천마가 귀강시들을 없애면서 중얼거리는 목소리가 선명하게 들려왔다.

"이 검을 못 쓸 거라 생각했나? 크큭."

'빌어먹을!'

어느새 귀강시들의 수가 반 이상 줄어들었다.

이제 물러나지 않는다면 저자와 이곳에서 사생결단을 내야 할지도 몰랐다.

삼석이 절곡의 곡주를 향해 전음을 보내자 그가 놀란 표정을 짓더니 이내 알겠다는 듯 고개를 끄덕였다.

잠시 망설이던 절곡의 곡주가 결심했는지 그 몸에서 강렬한 붉은 혈마기가 치솟았다.

진원진기를 끌어 올린 것이다.

화경의 고수가 목숨을 걸고 진원진기를 끌어 올리자 고조된 그 분위기가 심상치 않았다.

"무슨 짓거리냐?"

귀강시를 베어가던 도중에 갑자기 발산되는 혈마기에 천마가 무미건조한 눈빛으로 절곡의 곡주를 바라보았다.

"이노오오옴! 나와 함께 가자!"

목숨을 걸었다는 듯 고함을 지른 곡주의 신형이 공동의 천장까지 치솟더니 폭발적인 일도를 천마에게 날렸다.

40장
약선

무공을 익히는 자들에게 진원진기를 쓴다는 의미는 단 하나였다.

그것은 자신의 역량을 넘어선 신기를 발휘한 후 산화하는 것을 말했다.

폭발적인 기세의 일도에는 절곡 곡주의 모든 기운이 담겨 있었다.

"아니, 저자가 동귀어진이라도 할 셈인가?"

귀강시들을 상대하느라 정신이 없던 염사곤조차 놀라서 곡주의 일도에 담긴 엄청난 기세에 시선이 절로 갔다.

"귀찮은 짓을 하는군."

툴툴거리면서도 천마의 표정이 심상치 않았다.

화경의 고수가 진원진기를 소모한 초식은 절대 가벼운 것이 아니었다.

촤아아아악!

핏빛 강기를 머금은 일도가 천마를 일도양단할 기세로 내려쳐졌다.

도강이 천마를 향해 닿으려는 찰나였다.

천마가 휘두르던 창천검을 바닥에 던지고 자신의 허리춤에 차고 있던 검의 검병을 잡았다.

챙!

천마의 손이 번개 같은 속도로 발검했다.

그 순간, 현천검이 검은빛을 발하며 핏빛 강기와 맞부딪쳤다.

파치치치치치치!

검과 도가 부딪쳐서 나는 소리가 아니었다.

마치 하늘에서 번개가 내리치는 듯한 강렬한 파공음이 터져 나왔다.

공동 전체를 뒤흔드는 파공음에 귀강시들조차 움직임을 멈출 정도였다.

콰아아아아아아앙!

뭔가가 부서지는 소리와 함께 공동 안이 먼지로 뒤덮였다.

일순간 공동 내의 시야가 가려졌다.

"하압!"

귀강시들이 아직 절반 가까이 남아 있는 상황이다.

시야가 가려지는 것이 위험하다고 여긴 염사곤이 퇴법으로 바람을 일으켜 먼지를 가라앉혔다.

"허엇?"

눈앞에 벌어진 광경에 염사곤의 입이 벌어졌다.

공동 동굴의 천장이 일자로 갈라져 그 끝이 가늠하기 힘들 만큼 베여 있는 것이다.

일검의 위력이 얼마나 강했는지를 알 수 있었다.

'이게 정말 검흔이란 말인가?'

방금 전까지 엄청난 기세의 도강을 내뿜던 절곡 곡주의 모습이 보이지 않았다.

갈라진 동굴 천장의 잔해만이 부스스 떨어질 뿐이다.

천마의 일검에 절곡의 곡주는 흔적조차 남기지 않고 소멸하고 만 것이다.

'허어, 정말 괴물 같은 놈이군.'

화경의 고수가 진원진기마저 소모해 가며 펼친 초식이었다.

그것을 역으로 받아쳐서 상대를 베었다는 것은 그야말로 상상을 불허하는 괴물임을 증명한 것이다.

'졌다, 졌어.'

염사곤이 고개를 절레절레 흔들었다.

한 가지 의문스러운 점이 있다면 천마의 검에서 발한 검은 빛이었다.

분명 그 기운은 마기(魔氣)였다.

마교를 비롯해 수많은 마인과 겨뤄본 염사곤이다.

그런데 여태껏 느껴본 적이 없는 심연과도 같은 어둠을 온몸으로 체험한 기분이 들었다.

'저자는 마인인가, 아니면……'

마인이 창천검을 쓴다는 것은 있을 수 없는 일이었다.

마를 소멸하는 검이라 불리는 검선의 검을 쥘 수 있는 것은 정도인만이 가능했다.

고민하는 찰나였다.

"크와아아아!"

염사곤을 향해 귀강시들이 달려들었다.

천마가 보여준 신기와도 같은 일검에 전의가 불타오른 염사곤의 발이 한결 쾌속해졌다.

'큭! 질 것 같으냐!'

절곡에서만 자신보다 강한 이가 두 명이나 등장했다.

무림에서의 도태는 결국 낙오라는 것을 잘 알기에 분발할 수밖에 없었다.

한편 곡주를 베고 난 천마는 주위를 둘러보며 삼석의 기운을 탐지했다.

주변 어디에서도 삼석의 기운이 느껴지지 않았다.

"역시 도망간 건가? 썩을 계집."

어떤 식으로든 천마의 눈을 피해서 도망치기 어렵다는 것을 알고 삼석은 절곡의 곡주를 희생시킨 것이다.

아무리 날고 기는 천마라고 해도 진원진기를 불태운 화경 고수의 일격을 막으려면 다른 곳에 신경 쓸 겨를이 없었다.

'흥, 소득이 없는 것은 아니니.'

비록 놓치긴 했지만 당시 무림을 혈겁으로 물들인 혈교의 혈마인들이 부활했다는 것을 확실히 알아냈다.

이제 그들 역시 자신의 존재를 알게 될 것이다.

'뭐, 상관없다. 이번에는 확실하게 없애주지.'

천마는 날카로운 눈빛을 빛내며 속으로 다짐했다.

천 년 전에 끝났다고 여긴 혈겁의 불씨가 이것을 계기로 다시 타올랐다.

"크와아아아앙!"

콱! 쾅!

천마는 자신을 향해 달려드는 귀강시의 머리를 움켜쥐고 바닥에 박아 넣었다.

동료의 머리가 으깨지든 말든 수많은 귀강시가 사기를 풀

풀 풍기며 천마를 향해 이빨을 드러냈다.

"짜증 나니 전부 덤벼라."

무시무시한 살기가 감도는 천마의 위협적인 목소리에 귀강시들이 움찔하더니 이내 한꺼번에 달려들었다.

천마는 창천검을 휘두르며 공동 내의 남은 귀강시를 전부 소멸시켰다.

일방적인 학살이나 마찬가지였다.

귀강시들이 소멸하면서 남긴 것은 검은 재와 시체가 썩는 잔향뿐이었다.

"하아, 이제 끝인가."

모든 귀강시가 소멸한 것을 확인한 염사곤이 지쳤는지 바닥에 털썩 주저앉았다.

여러 난관을 겪었지만 이처럼 진땀을 뺀 것은 오랜만이었다.

쿵쿵!

"헛, 저놈이 아직 살아 있었구나."

천장에 머리가 박혀 있는 혈강시가 여전히 아등바등하면서 빠져나오려 안간힘을 쓰고 있었다.

위에 있는 천장을 부숴서 내려올 생각은 하지 못하는 듯했다.

"휴우, 그나마 놈이 멍청하니 다행이군."

쾅쾅!

그의 말이 끝나기가 무섭게 혈강시가 공동의 천장을 주먹으로 쳤다.

괴력이 실린 혈강시의 주먹에 천장이 부서졌다.

쿵!

"이런······."

공동의 바닥으로 떨어진 혈강시가 이글이글 타오르는 붉은 눈으로 괴성을 질렀다.

포효에 염사곤이 귀를 막고 인상을 찡그렸다.

귀강시들은 어찌 해결했다지만 저놈의 잠력은 보통이 아니었다.

"시끄럽다."

언제 다가왔는지 천마가 혈강시의 뒤를 점하고 있었다.

천마의 목소리에 혈강시가 뒤로 몸을 돌리며 마구잡이로 주먹을 휘둘렀다.

그러나 천마의 손에 들려 있는 것은 창천검이었다.

좌악!

아무리 해도 베어질 것 같지 않던 단단한 혈강시의 팔이 베여 나갔다.

선기가 가득한 창천검에 베인 혈강시의 팔은 재생하지 못했다.

"크워어어어어어!"

상처 부위를 타고 흐르는 선기에 고통을 느끼는지 혈강시가 울부짖었다.

혈강시를 바라보는 천마의 눈빛이 묘했다.

'이놈은 어째서 핵이 없는 거지?'

보통의 강시들은 핵을 가지고 있었다.

시체와도 같은 육신을 움직이게 하기 위한 유일한 기관이 핵인데, 아무리 원영신으로 훑어보아도 핵의 존재가 없었다.

"별수 없군."

창천검이 하얀빛의 강기를 발했다.

천마의 손이 움직이자 하얀빛의 강기가 수많은 선을 그리며 혈강시의 몸을 스치고 지나갔다.

순식간에 벌어진 일에 혈강시가 눈을 깜빡였다.

"크르르르?"

촤촤촤촤악!

혈강시의 머리를 제외한 몸의 모든 부위가 조각조각 베어졌다.

육신을 잃고 만 혈강시는 더 이상 괴성을 지르지 못했다.

그저 덩어리로 나뉘어져서 꿈틀거릴 뿐이다.

"지독한 놈일세. 이런 놈이 더 있다면 정말 사달이 나겠네."

혈강시의 질긴 생명력에 질린다는 듯이 염사곤이 인상을

찌푸리며 말했다.

"그딴 걱정은 하지 말고 저 녀석들이나 챙기지."

"응?"

천마가 공동 구석에서 토하고 있는 모용월야와 쓰러져 있는 설유라를 가리켰다.

그제야 그들을 발견한 염사곤이 잽싸게 설유라에게 달려갔다.

"아가씨! 아가씨!"

염사곤이 쓰러져 있는 설유라를 흔들어 깨우려 했다.

그러다 바닥에 묻어 있는 피를 발견하고는 놀라서 상처 부위를 살폈다.

"아, 머리가……."

울퉁불퉁한 동굴 벽에 머리를 부딪쳐 찢어진 듯했다.

다행히 상처가 그리 크지 않아 피는 자연스럽게 멎어 있었다.

그러나 맥을 짚어보니 약하게 뛰는 것이 심상치 않았다.

"이상하네. 왜 이런 것이지?"

심맥으로 내공을 흘려보내 혹시나 내상을 입은 것은 아닌지 확인해 보았지만 그것도 아니었다.

설유라를 비롯해 구토를 하느라 정신없는 모용월야를 보며 천마가 혀를 찼다.

"짐 덩어리들이군. 쯧쯧."

천마는 발걸음을 옮겨 공동의 왼쪽 통로로 들어갔다.

이곳에 들어오면서 뭔가를 발견한 것이다.

통로를 지나 집무실로 들어서자 눈에 띈 것은 부서진 책장이었다.

조금 전 삼석과 겨룰 때 집무실이 난장판이 되면서 가려져 있던 비밀 문이 드러난 것이다.

"그 난리를 안 쳤으면 그냥 지나칠 뻔했군."

천마는 부서진 책장을 밀쳐내고 비밀 통로로 들어갔다.

통로는 좀 더 지하로 들어갈 수 있는 입구였다.

생각보다 길게 이어진 통로를 따라 들어가자 작은 공동이 드러났다.

다른 공동들과 달리 달랑 횃불 하나만 켜져 있어 어둡기 그지없었다.

철컹철컹!

쇳소리와 함께 신음성이 들려왔다.

"크윽!"

천마가 공동 안으로 들어가자 백발에 백염의 노인이 보인다.

노인은 얼굴이 퀭하고 발목에는 쇠고랑을 차고 있었는데 풀려고 안간힘을 썼는지 상처투성이였다.

"다, 다 끝난 것이오?"

경계심이 가득한 눈빛.

노인은 모진 고생을 했는지 눈빛에 타인에 대한 불신이 가득했다.

"그대가 약선인가?"

"지, 지금 날 놀리는 것인가?"

노인의 이름은 백오.

괴의 사타와 더불어 중원에서 최고의 의원이라 불리는 자였다.

중원무림에서는 약선이라는 별호로 더욱 유명했다.

'무슨 꿍꿍이인 거지?'

천마의 질문에 백오는 어이가 없다는 표정을 지었다.

약선이라는 명성 때문에 이곳에 잡혀와 갖은 고생을 했다.

반 시진 전쯤 적이 침입했다면서 절곡의 곡주에게 끌려와 암실에 감금되어 있던 그다.

소란을 틈타 발목에 차고 있던 쇠고랑을 풀어보려 했으나 소용없었다.

기문이 봉해져 내공을 쓸 수 없는 상황이었기에 때문이다.

그 탓에 애꿎은 발목만 아팠다.

"어이, 늙은이, 뭔가 착각하고 있나 본데, 나는 네놈을 납치한 녀석들이 아니다."

천마의 말에 백오의 눈이 이채를 띠었다.

이곳에 붙잡혀 강시들을 조정하는 일을 하면서 과연 살아서 나갈 수 있을까 불안에 떨고 있던 그다.

"별로 믿음이 가지 않나 보지?"

"그대 같으면 그럴 것 같소?"

"흥, 늙은이가 말은 곧잘 하는군."

천마가 그렇게 말을 하고는 피식 웃더니 검지를 내밀었다.

그가 가볍게 검지를 휘젓자 백오의 발목을 감싸고 있던 쇠고랑이 갈라졌다.

철컹!

구속하던 쇠고랑이 벗겨지자 약선 백오의 눈이 휘둥그레졌다.

괴의 사타와 달리 무공을 익힌 그였다.

단순히 손가락을 휘젓는 것만으로 쇠고랑을 베었다는 것은 육신이 검(劍)과 같은 경지에 이르렀음을 의미한다.

'허어, 엄청난 고수로구나.'

백오가 침을 꿀꺽 삼키며 조심스러운 목소리로 물었다.

"…그대는 누군가?"

"내가 누구냐고?"

천마가 묘한 표정을 지으며 되묻자 백오가 고개를 끄덕였다.

그러자 천마가 상체를 굽히며 입꼬리를 올리고 그의 귓가에 속삭이듯 말했다.

"만마의 종주이면서 십만대산의 주인이다."

"…뭐?"

"나는 천마신교의 천마다."

순간 백오의 얼굴이 딱딱하게 굳었다.

*　　　　*　　　　*

갑자기 사라졌던 천마가 얼마 지나지 않아 다시 실험실인 넓은 공동으로 돌아왔다.

한데 돌아온 천마와 동행해서 온 자가 있었다.

그는 다름 아닌 중원 최고의 의원인 약선 백오였다.

백오와 안면이 있는 염사곤이 반색하며 그를 맞았다.

"약선 어르신!"

"오오, 그대는 퇴왕 염 대협이 아닌가?"

약선 백오 역시 그를 알고 있었기에 반가운 얼굴이 되었다.

모진 고생을 하다가 이렇게 아는 얼굴을 보니 마음이 진정되는 모양이다.

초췌해진 약선의 얼굴을 본 염사곤이 그의 손을 꽉 쥐고 말했다.

"어르신, 정말 고생이 많으셨습니다."

"허허허, 자네들이 왔으니 천운이라고 할 수 있네."

오고 가는 정이 느껴질 법도 하건만 천마의 눈에는 뻔한 수작으로 느껴졌다.

'생각보다 여우 같은 놈이군. 쯧.'

염사곤은 일부러 자신이 도왔다는 것을 생색내고 있었다.

결론적으로 천마가 적을 물리치고 심지어 갇혀 있던 것을 구해냈기 때문에 어떻게든 자연스럽게 보은 관계를 형성해야 했다.

"어르신, 고생하신 것은 알지만 먼저 도움을 청하겠습니다."

염사곤은 급하다는 듯이 그를 설유라와 모용월야에게 데려갔다.

바닥에 죽은 듯이 누워 있는 설유라를 본 백오의 눈이 이채를 띠었다.

"이 소저는 혹시?"

"맞습니다. 검문의 삼제자인 설 소저입니다."

"허어, 설 소저가 이런 오지에까지 온 것인가?"

과거 검문을 방문한 적 있는 백오는 설유라와도 안면이 있었다.

사파를 경멸하고 정도를 표방하는 그였기에 어지간한 정파의 인사들과는 왕래하며 지냈다.

백오가 설유라를 진맥하기 전에 천마를 힐끔 쳐다보았다.

'밖에 있는 계집이라는 여자가 검문의 설유라였다니.'

사실 사전에 천마에게서 밖에 있는 자들을 치료해 달라는 부탁을 받은 그였다.

아무렇지도 않게 밖에 있는 계집과 한 녀석을 치료해 달라고 거칠게 표현했는데 의외로 정도의 정점이라 할 수 있는 검문의 여제자이기에 놀란 것이다.

"저 청년은 왜 저러고 있는 건가?"

백오가 한쪽 바닥에 고꾸라져 있는 청년을 가리켰다.

얼마나 많이 토했는지 거의 실신 지경에 이른 모용월야였다.

"아, 저 소형제는 모용세가의 장남인 모용월야입니다."

"허어, 오대세가의 자제가 이곳까지 온 겐가. 이런 젊은이들이 이 늙은이의 목숨을 구하려고 오다니… 허허허."

그들을 바라보는 약선 백오는 정말 흡족한 표정을 짓고 있었다.

명문정파의 자제들이 자신을 구하기 위해 왔다는 것에 만족한 것이다.

'묘한 조합이로구나.'

백오는 내심 이들 일행의 어울리지 않는 조합에 신기해했다.

이미 천마의 정체를 들어서 알고 있기에 더욱 그러했다.

마교의 시조인 천마와 검하칠위의 일인인 염사곤, 그리고 검문의 여제자 설유라, 모용세가의 모용월야.

그야말로 보기 힘든 조합이라 할 수 있었다.

'어쩌다가 이런 악마 같은 자와 함께 오다니.'

백오는 속으로 치를 떨었다.

사파를 비롯한 마인을 경멸하는 그였기에 천마에게 구함을 받았다는 것에 대해 상당히 복잡한 심경이었다.

'…확 불어버려?'

그렇게 생각했지만 자신을 응시하는 천마의 눈빛이 무서웠다.

갇혀 있던 암실에서 천마의 정체에 대해 함구하기로 약조했기에 말할 수도 없었다.

보은을 중시하는 백오였기에 고개를 흔들며 다시 마음을 다잡았다.

"한번 보겠네."

백오가 설유라를 진맥했다.

이리저리 상처 부위를 살피던 그가 침통을 꺼내 들었다.

황금빛 봉황이 그려진 침통은 약선이 황실에서 하사받은 것이었다.

다행스럽게도 곡주의 집무실 금고에 있는 것을 되찾아왔다.

폭! 폭!

설유라의 머리 쪽에 침을 몇 방 꽂자 놀랍게도 정신을 차릴 기미가 보이지 않던 그녀가 기도가 뚫린 듯 크게 숨을 내쉬며 깨어났다.

"하아!"

머리에 꽂은 침에서 검은 피가 흘러내렸다.

찢어진 부위 외에도 머리에 상처가 있었는데 그곳에 피가 고인 것이다.

"과연 약선 어른!"

침술과 약제에 있어서 타의 추종을 불허한다는 약선다운 실력이었다.

혹시나 큰 문제라도 생긴 것이 아닐까 조마조마하던 염사곤이 다행이라는 듯 안도의 숨을 내쉬었다.

"아……."

깨어난 설유라가 영문을 모르겠다는 얼굴로 주위를 둘러보았다.

일순간 주위의 사물이 둘로 보였지만 이내 시야가 정상으로 돌아왔다.

"가만히 있게, 설 소저. 안정을 취해야 하네."

"아? 아아, 야, 약선 어른!"

백발에 백염, 인자한 얼굴의 백오를 보는 순간 설유라의 눈에 눈물이 고였다.

빙화라 불리는 그녀였지만 이 상황이 벅찰 수밖에 없었다.

쓰러진 검황을 구하기 위해 몇 달간 고생하면서 약선의 행방을 찾아다녔다.

목숨의 위기마저 넘기고 겨우 만나게 된 약선이다.

"흐흑, 이렇게 뵙게 되어서 다행입니다."

흐느껴 우는 설유라를 바라보며 백오는 내심 감사한 마음이 들었다.

"저 청년도 한번 살펴봐야 할 것 같네."

그녀를 치료한 백오는 이어서 모용월야의 상태를 살폈다.

그러나 아무리 진맥을 해도 특별한 이상을 발견하지 못했다.

'흠, 공포로 인한 것인가?'

심리적인 요인으로 인한 것이라고밖에 원인을 파악할 수가 없었다.

아무리 중원 제일의 의원이라고 할지라도 영신이 일부 열린 것을 알아낼 리가 만무했다.

"별수 없네그려. 침만 놓아주지."

폭! 폭!

결국 토하는 것을 완화시키는 정도가 다였다.

물론 그것만으로도 모용월야를 진정시키는 데는 큰 도움이 되었다.

'흐음.'

약선조차 원인을 알지 못하는 모용월야의 상태를 이상하게 여긴 천마가 원영신으로 살펴본 결과 그의 영신이 일부 열림을 확인했다.

'운이 좋은 녀석이군.'

지금 당장에는 불편할지 모른다.

하지만 훗날 더 높은 경지를 요할 때 큰 지지대가 될 것이다.

'물론 저 녀석이 우화등선을 하고 싶어 한다면 말이지. 크크큭.'

그런데 아무리 봐도 높은 경지를 탐할 상은 아니었다.

제 광기를 다스리는 것이 한계로 보였다.

약선이 치료를 마친 후 그들은 운기조식을 통해 어느 정도 체력을 회복했다.

유일하게 천마만이 동굴을 돌아다니며 놈들이 남긴 흔적을 살폈다.

그들이 전투를 벌인 공동을 제외하고도 몇몇 공동에 강시들을 인위적으로 제조하거나 실험을 한 흔적이 남아 있었다.

다만 흔적만 있을 뿐 강시가 있는 것은 아니었다.

'강시가 정말 이것뿐일까?'

가장 넓은 공동에 있는 놈들은 전부 처리했다.

그런데 이 흔적대로라면 분명 더 많은 강시가 있어야 한다.

'역시 소멸시킨 놈들 외에 이미 이송된 강시들이 있을 수도 있겠군.'

천마는 남겨진 흔적만으로 그것을 추측해 냈다.

삼석이나 절곡의 곡주가 들었다면 놀라워했을 것이다.

공동에 남은 흔적들을 살피며 천마는 한 가지 의문스러운 점이 있었다.

'과거에도 그랬고, 통제도 되지 않는 것들을 이용하려는 이유가 뭐지? 그저 혈겁을 일으키는 것이 목적인 것이더냐. 천년이 지나도 네놈의 분노는 식지 않는군.'

아무리 생각해도 이해할 수 없었다.

통제할 수 없는 병력은 결국 혼란만을 야기할 뿐이다.

공동의 동굴 바닥에는 수많은 장침이 널려 있었다.

단단한 강시들에 꽂기 위해 많은 시행착오를 겪었는지 구부러지고 부러진 침이 바닥에 한가득이다.

"이렇게 많은 침은 어디서 공수해 온… 응?"

문득 천마의 머릿속에 뭔가가 스치고 지나갔다.

단순히 강시를 봉하는 용으로만 침을 이렇게 소비했다고 보기에는 이상했다.

'설마… 강시를 통제할 방법을 찾은 건가?'

아무래도 무슨 용도로 침을 사용했는지 알 필요가 있었다.

모든 의문을 풀어줄 열쇠가 있으니 그에게 물어보면 될 것이다.

천마는 흔적을 살피던 것을 멈추고 통로들을 지나쳐 그들이 운기조식을 하고 있는 넓은 공동으로 향했다.

공동에 도착하자 운기조식을 마친 그들이 여장을 꾸리고 있었다.

"일단은 언제까지 이곳에 머물 수 없는 노릇이니 절곡을 벗어나서 이야기하는 것이 어떻겠나?"

염사곤의 제안에 모두가 고개를 끄덕이며 동의했다.

한시라도 빨리 절곡을 벗어나고 싶은 마음은 그들 모두가 같았다.

마지막으로 천마가 동의하자 그들은 폭포 뒤에 숨겨진 혈교 잔당들의 은거지를 벗어났다.

삼대금지라 불리며 몇 십 년 동안 중원을 두려움에 떨게 만든 절곡의 비밀이 풀렸다.

천마 등이 절곡을 떠난 이후 몇 년이 지나지 않아 금지인 절곡의 탐방에 성공했다는 사람들이 속출하게 되면서 공식적으로 삼대금지는 다시 이대금지로 바뀌게 된다.

그러나 몇 십 년간 피로 물들었던 절곡의 혈향이 완전히 씻겨나기까지는 많은 세월이 흘러야만 했다.

훗날 한밤중에 절곡을 돌아다니다 짐승이 울부짖는 울음 소리를 들었다거나 붉게 물든 섬뜩한 눈을 보았다는 사람들이 종종 나타나곤 했다.

사천.

이곳은 중원에서도 본고장인 광주와 더불어 음식으로 유명한 지역이다.

매운 음식과 향신료로 유명한 사천은 산림이 우거지고 자연 경관이 뛰어나 많은 인파가 몰리곤 했다.

그런 사천 지역에서도 북단 지역의 깊은 산골짜기.

인적이 드물고 사람이 드나들기에는 길이 복잡하고 산세마저 험했다.

이 산골짜기 깊숙이 들어가면 놀랍게도 산의 일부를 깎아서 만든 궁전과도 같은 집이 존재했다.

산의 단면에서 튀어나온 듯한 집은 웅장한 자태를 자랑했다.

인적이 드문 깊은 산속에 이런 곳이 있으리라고 누가 상상이나 하겠는가.

이렇게 숨겨진 곳의 한 넓은 공간.

어둠을 밝히는 횃불들 사이로 수많은 관(棺)으로 보이는 것들이 세워져 있다.

적어도 관의 숫자는 천이 넘어 보였다.

"이제 개체 수가 어느 정도 맞춰졌군."

"약선이라는 자의 기술이 대단하긴 한 것 같군요. 조정 시간을 획기적으로 단축시켰습니다."

관을 세워둔 넓은 공간 앞에서 대화를 나누는 두 인영이 있었다.

파란 옷에 붉은 혁대를 매고 있는 중년인과 파란 가면을 쓰고 회색 장포를 걸친 남자였다.

대화를 나누는 그들이 있는 곳으로 검은 복면인이 나타났다.

"무슨 일이냐?"

붉은 혁대의 중년인이 물었다.

"말씀 나누는 도중에 죄송합니다. 삼석께서 방문하셨습니다."

"뭐, 삼석이?"

"지금 객실에서 기다리고 계십니다."

예고도 없는 방문에 파란 가면의 남자가 이해할 수 없다는 듯이 고개를 갸웃거렸다.

그러자 붉은 혁대의 중년인이 조심스레 의견을 말했다.

"이석, 일단 그분의 명으로 오셨을 수도 있지 않겠습니까?"

이석이라 불린 남자.

그는 조직의 삼혈로 중 서열 이 위에 해당하는 자였다.

조직의 근간을 이룰 정도로 견고한 세력을 갖춘 이석이지만 다른 혈로의 방문이 달갑지는 않았다.

"흠, 그것도 그렇군."

중년인의 말에 동의하는지 파란 가면의 남자가 고개를 끄덕였다.

그들은 검은 복면인의 안내를 받아 삼석이 기다리고 있는 객실로 향했다.

이석은 객실 앞에 중년인을 대기하게 한 후 혼자 객실 안으로 들어갔다.

"엇?"

객실 안으로 들어온 이석은 놀란 나머지 한달음에 객실 바닥에 쓰러진 삼석에게로 다가갔다.

그가 하얀 가면을 벗기자 요염하면서도 아름다운 여인의 얼굴이 드러났다.

식은땀을 흘린 채 쓰러져 있는 그녀는 거의 탈진 상태였다.

"삼석! 삼석!"

이석은 그녀를 안아 객실 내에 있는 침상으로 옮겼다.

들썩이는 움직임에 정신을 잃고 있던 삼석이 힘겹게 눈을 떴다.

이에 자초지종이 궁금한 이석이 그녀를 눕히며 물었다.

"어떻게 된 일이지?"

삼석을 옮기면서 그녀의 불안정한 호흡과 맥을 느낀 그였다.

분명 부상을 입은 상태로 쉬지 않고 이곳으로 달려와서 탈진했음이 틀림없었다.

깨어난 삼석이 떨리고 불안정한 목소리로 이석에게 말했다.

"하아, 이석, 그가… 그가 나타났어요."

"그라니?"

이석이 반문하자 지친 그녀가 목소리를 겨우 짜내며 말했다.

"…천 년 전, 하아, 그분을 죽인 그자가… 나타났다고요."

삼석이 알리는 충격적인 전보에 파란 가면 틈 사이로 보이는 이석의 눈빛이 심하게 떨려왔다.

단지 떠올리는 것만으로도 두려움을 주는 이름이다.

"천… 마?"

천 년 전 혈교를 멸망시킨 그였다.

41장

약선의 제안

절곡을 벗어난 귀주의 서북쪽 부근의 작은 마을 오가촌(梧
歌村).

죽은 자의 계곡인 절곡을 벗어난 일행은 오가촌의 객잔에
여장을 풀었다.

이곳까지 오면서 약선은 자신도 몸이 성하지 않음에도 일행
의 내, 외상을 치료하는 데 도움을 아끼지 않았다.

쉴 만한 객잔을 찾기까지 의외로 천마는 약선 백오에게 아
무 말도 하지 않았다.

괜히 그가 신경 쓰일 정도로 말이다.

반면 설유라는 그동안의 무림 정세에 대해 염사곤에게 들을 수 있었다.

각 문파들의 움직임이 심상치 않음을 비롯해 검하칠위가 각자의 세력을 키워 나가고 있다는 것을 알려주었다.

그것은 설유라 역시도 예상한 바였다.

석금명의 예상대로 검황의 부재가 미치는 영향이 빠르게 나타나고 있었다.

그중에서도 설유라가 가장 놀란 사건은 마교의 무림맹 탈퇴였다.

내전을 통해서 새로운 교주로 등극한 남마검이 무림맹에 가입을 요청했었다.

그로 인해 삼대세력을 전부 규합하는 데 성공했다고 여겼다.

그러나 불과 일 년도 채 되지 않아 원래의 교주인 천극염이 다시 마교를 탈환했다는 것이다.

결국 정, 사, 마에서 마가 빠졌기에 다시 한 보 후퇴한 것이나 마찬가지였다.

'마교주는 대사형인 종현에게 양팔이 잘려서 폐인이 된 줄 알았는데.'

멀쩡하다는 말을 들으니 뭔가 이상했다.

그때 설유라는 문득 천마의 팔이 잘린 것을 괴의 사타가 다시 접합해 준 사실을 기억해 냈다.

분명 잘린 팔을 접합할 수 있는 사람은 중원을 통틀어 오직 괴의 사타뿐이라고 알고 있었다.

'그렇다면 사타가 마교에 합류한 걸까?'

사파 출신의 고수들이 마교로 영입되는 경우는 흔치 않았다.

정, 사, 마로 나뉜 데는 그 성향의 차가 두드러진다.

비록 사타가 의원이라 무공을 익히지 않았다고는 해도 사파를 자처하는 인사이다.

그런 자가 마교에 영입되었다고 한다면 마교가 현 상황을 타개하기 위해 다양한 수단을 강구하고 있을지도 모른다.

하지만 사부인 검황을 비롯한 대사형이 완치되기만 한다면 이 상황은 언제든 타개할 수 있었다.

'늦었지만 이렇게나마 약선을 찾은 게 어디야.'

그들이 둘러앉은 식탁으로 점소이가 통돼지 구이를 비롯한 음식들을 가져왔다.

훈기가 넘치는 음식의 향에 허기가 졌던 약선이 허겁지겁 식사를 하기 시작했다.

한참 대화 없이 식사에 집중하던 그들은 어느 정도 허기를 채우고 나자 대화를 시작했다.

술 한잔에 홍조가 피어난 설유라가 배시시 웃으며 천마에게 말했다.

"사마 공자, 그땐 정말 고마웠어요."

"…무엇을 말하는 것이냐?"

"그 강시들한테 둘러싸였을 때 공자의 도움이 없었다면 큰일 날 뻔했잖아요."

아무것도 하지 못하고 죽을 수도 있는 상황이었다.

그때의 감격을 그녀는 아직도 잊지 못하고 있었다.

아무런 대꾸조차 하지 않고 술만 홀짝 마시는 천마의 태도에 염사곤의 속이 타들어갔다.

'저도 아가씨를 구해 드렸는데……'

말이 목젖까지 튀어나왔다가 들어갔다.

생색을 낸다고 해도 분명히 천마가 없었다면 위험했을 것이다.

그리고 그녀가 저렇게까지 좋아하는 티를 내니 이래라저래라 훈계할 수도 없었다.

'흠, 그래도 사마세가라서 주공이 썩 좋아할 것 같진 않은데.'

삼대세력을 통합하려고 하는 검황이지만 굳이 자신의 애제자와 사파 출신인 그와의 교제를 허락할지 의문이 들었다.

하지만 애정을 받는 당사자인 천마는 별 관심이 없어하는 걸 보면 굳이 신경 쓸 일도 아닌 것 같긴 했다.

'아니, 그런데 다른 사람도 아니고 저렇게 예쁜 아가씨가 관심을 보이는데도 저렇게 퉁명스럽게 굴다니. 저놈은 대체 뭐 하는 놈이야? 고자라도 되는가?'

압도적인 무력만 아니었다면 이미 훈계를 했을 것이다.

혼자 침체되었다가 다시 얼굴이 누르락붉으락하는 염사곤을 보며 모용월야가 조용히 고개를 흔들었다.

밝은 분위기가 이어져 간다고 여기던 시점이다.

천마의 한마디로 화기애애하던 식사 자리가 싸늘하게 굳어졌다.

"지, 지금 뭐라고 하신 거죠?"

여태까지 홍조를 띠고 애정 어린 눈빛으로 천마를 바라보던 설유라의 얼굴이 차갑게 식었다.

그런 것은 전혀 아랑곳하지 않고 천마가 말을 이었다.

"약선은 내가 데려간다고 했다."

강단 있게 말하는 천마의 눈빛에는 한 점의 흔들림도 없었다.

천마의 그런 태도에 설유라는 일순간 할 말을 잃고 말았다.

'아아, 갑자기 왜 이렇게 된 거지……'

식사를 하면서 약선에게 자신을 따라 검문으로 가달라고 부탁하던 찰나에 갑자기 천마가 끼어든 것이다.

설유라가 입을 다물자 염사곤이 굳은 얼굴로 말했다.

"아가씨께서 어째서 이곳에 왔는지 말했는데, 여태껏 가만히 있다가 그 얘기를 하는 의도가 무엇인가?"

절곡에서 만났을 때도 약선에 대해 언급조차 하지 않던 천마이다.

설유라의 질문에도 계속해서 입을 다물고 답변을 하지 않은 것이 이 때문이었나 싶다.

하긴 어떤 미친 자가 삼대금지인 절곡에 아무런 이유도 없이 들어가겠는가.

"대답을 할 필요성이 없었으니까."

무미건조한 천마의 대답에 기가 찼다.

"뭣? 지금 그걸 말이라고 하는 건가?"

"…그럼 그 상황에서 나도 약선이 필요하다고 말해서 귀찮게 말다툼을 할 필요가 있었나?"

"그, 그건……."

반박하기에는 천마의 말이 옳았다.

강시가 우글거리는 절곡 내에서 분열되었다면 더욱 위험했을 것이다.

물론 그 기준은 천마 자신을 제외한 다른 사람들이지만 말이다.

쾅!

잠시 당황해하던 염사곤이 이윽고 식탁을 손으로 내려치면서 자리에 일어났다.

그 탓에 남아 있던 음식이 뒤집혀 식탁이 엉망이 되었다.

분위기에 신경 쓰지 않고 조용하게 음식을 야금야금 먹고 있던 모용월야가 쏟아진 음식을 보면서 입맛을 다셨다.

"그 말이 일리 있다고 해도 이건 아니네."

무공의 우위를 떠나서 양보할 수 있는 문제가 아니었다.

주군인 검황을 치료할 수 있는 유일한 사람이 바로 약선이다.

그렇지 않고서야 설유라가 중원 전역을 돌아다니며 시간을 할애했을 리가 없었다.

"뭐가 아니라는 거지?"

"약선 어르신은 우리가 데려간다는 것이네."

확실하게 선을 긋는 염사곤이다.

천마가 왜 약선을 데려가려 하는지는 전혀 궁금하지 않았다.

그저 주군을 살릴 생각 외에는 아무것도 없었다.

"…누구 마음대로 데려간다는 거지?"

일순간 천마의 목소리가 싸늘해지면서 공기가 무거워졌다.

객잔 전체가 진기로 가득해진 것이다.

'숨이 막혀.'

설유라의 안색이 창백해졌다.

전과는 비교할 수 없을 만큼 강해진 천마를 겪었지만 이렇게 가까운 거리에서 느끼는 감각은 확연하게 달랐다.

마치 심장을 옥죄는 느낌이다.

위험하다고 느낀 염사곤은 공력을 최대한 끌어 올려 출수 준비를 마쳤다.

분위기가 최악으로 치닫고 있을 때였다.

"이, 이보게들."

중간에 앉아 있던 약선이 자리에서 일어났다.

처음에는 눈치를 보면서 그저 앉아 있었는데 이젠 아니었다.

당사자의 의견과 상관없이 다투는 그들을 그저 지켜보고만 있을 수가 없었다.

"잠시만 멈춰보게."

약선이 중재하자 객잔 전체를 무겁게 짓누르고 있던 진기가 일순간에 해소되었다.

손님이 없었기에 망정이지 큰일 날 뻔했다.

주방 입구 기둥 뒤로 점소이가 몸을 숨기고 오들오들 떨면서 울먹거리고 있다.

'이놈의 무림인들은 왜 객잔에만 오면 분위기가 험악해지는 거야.'

주방장은 겁을 먹고 일찌감치 밖으로 나가 버렸다.

시기를 놓친 점소이는 그저 조용히 넘어가기를 바랄 뿐이었다.

염사곤까지 출수하려던 공력을 회수하자 약선이 말했다.

"자자, 일단 앉아서들 얘기합세."

"아이고, 어르신, 제가 실례를 범했습니다."

백발에 백염의 나이 지긋한 약선이 권하자 염사곤이 고개를 굽실거리며 자리에 앉았다.

아무래도 약선 본인한테 직접 잘 보일 필요가 있다고 여긴 것이다.

"흥."

반면 천마는 콧방귀를 뀌며 가지고 있던 곰방대에 불을 붙였다.

천마가 곰방대를 깊이 빨아들였다가 내뱉자 객잔 안이 연기로 자욱해졌다.

"일단 뭔가 서로 오해가 있는 것 같은데 노부가 방법을 제시하는 것이 어떻겠는가?"

약선은 진료를 해야 할 환자를 거부해 본 적이 없었다.

어차피 양측에 급한 환자가 있다면 우선순위를 둬서 급한 쪽을 해주는 것이 옳았다.

하지만 사전에 천마에게 약속한 것이 있었다.

"좋습니다. 어르신의 의견에 따르도록 하겠습니다."

천마와의 충돌로 인해 당황해하던 설유라가 마음을 다잡았는지 조금은 가라앉은 목소리로 답했다.

염사곤도 동의하는지 고개를 끄덕였다.

그러자 약선이 조심스럽게 설유라와 염사곤을 바라보며 말했다.

"일단은 너무 급한 사항이 아니라면 먼저 이분의 일부터 해결하고 싶네만. 노부가 빨리 해결하고 검문으로 넘어가겠네."

"네?"

"일단 이분 덕분에 그곳에서 무사히 나올 수도 있었고. 크흠."

미안한 마음이 든 약선이 헛기침을 했다.

자신들 편을 들어줄 거라 생각한 약선이 오히려 천마의 손을 들어주자 그들은 당혹감을 감추지 못했다.

사파라면 파리 목숨처럼 취급하기로 유명한 자가 약선이다.

아무리 정파로 전향했다지만 사파 출신인 그의 손을 들어준 것은 아마도 사전에 이야기가 된 것이리라.

'사마 공자가 어르신을 구했을 당시 이미 부탁한 것이 틀림없다.'

그렇게 판단한 설유라는 방법을 바꾸었다.

이렇게 된다면 더욱 중요한 것을 피력해야만 했다.

기밀 사항이긴 하지만 어차피 진료를 해야 할 약선 본인한테 숨겨야 할 이유가 없었다.

"어르신."

"말해보게, 설 소저."

"아까 분명 너무 급한 사항이 아니라면, 이라고 하셨죠?"

"그, 그야……."

목숨이 경각에 달하는 정도를 의미한 것이다.

하지만 이들은 모르겠지만 천마의 경우는 자신의 목숨이 경각에 달려 있었다.

정체까지 공개하고 협박을 했는데 별다른 도리가 있겠는가.

"…어르신, 무림맹주이자 검문의 문주님이신 검황께서 서독황의 독에 중독되셨습니다. 그리고 저희 대사형도요."

떨리는 목소리로 하는 설유라의 말에 약선의 표정이 딱딱하게 굳었다.

무림맹주가 중독되었다는 것은 말 그대로 청천벽력과도 같은 소리였다.

자칫하면 무림 전체가 혼란에 빠질 수도 있는 정보였다.

"그, 그게 무슨 말인가? 검황께서 중독되었다니?"

"그것은……."

설유라가 검황이 중독되었다는 사연을 짧게 이야기해 주었다.

새벽 중에 몰래 기습한 서독황의 독에 대사형인 종현이 중독되었고, 그 독을 몰아내려다 도리어 검황이 중독된 사실을 말이다.

"허어, 어찌 그런 일이 있을 수 있단 말인가?"

"부디 어르신께서 잘 판단하여 도와주셨으면 합니다. 약선 어르신이 아니라면 무림이 혼란에 빠질 수도 있습니다."

그녀의 애절한 부탁에 약선은 고민이 될 수밖에 없었다.

설마 진료의 대상자가 검황일 것이라고는 상상도 하지 못했다.

현 무림의 수장으로 있는 자가 중독되었으니 차후에 빚어질 혼란은 말로 할 수가 없을 것이다.

'검황이 정말 잘못되기라도 한다면 무림이 다시 분열될 터인데.'

검황이라는 단단한 하나의 구심점이 없어진다면 불을 보듯 뻔했다.

삼대세력은 다시 나뉘어서 그 균형을 맞추려고 할 것이다.

망설이는 약선에게 쐐기라도 박으려는지 설유라가 그의 손을 꼭 붙잡고 말했다.

"벌써 저희 사부님이 부상당한 이후로 마교가 가장 먼저 맹에서 탈퇴했어요. 어쩌면 이것은 시작일지도 모릅니다. 어르신, 부디 도와주세요."

현실과 감정에 동시에 호소를 해대니 약선의 마음이 점차 이쪽으로 넘어갔다.

그런데 문제가 하나 있었다.

그녀를 돕기 위해 염사곤이 사족을 붙인 것이다.

"약선 어르신, 그 사악한 마교의 무리가 맹을 탈퇴했다는 것은 사파 놈들 역시도 언제 활개를 칠지 모른다는 것입니다."

약선의 표정이 딱딱하게 굳어버렸다.

'아, 어, 으……'

이들은 모르겠지만 약선은 천마의 정체를 알고 있었다.

다른 사람도 아니고 마교의 창시자이자 그 종주 앞에서 마교를 깎아내린 꼴이다.

곰방대를 물고 가만히 듣고 있던 천마의 눈빛에 살의가 감돌았다.

'무슨 살기가 이렇게……?'

한순간 객잔 내부에 요동치는 강렬한 살기.

그것은 단순히 기세, 혹은 기운을 내뿜는 것보다도 좌중을 긴장하게 만들었다.

특별히 자극적인 말도 없었건만 갑작스럽게 천마가 살기를 내뿜자 이들은 당황스러울 수밖에 없었다.

"…갑자기 왜 그러는 건가?"

등이 쭈뼛할 만큼 강렬한 살기에 염사곤이 양발에 공력을 모았다.

천마가 그런 그들을 향해서 낮게 깔린 목소리로 말했다.

"뭐가 사악한 마교의 무리이고 사파 놈들이라는 거지? 정파와 척을 지면 다 사악하다는 것인가?"

"아⋯⋯!"

그 말에 설유라를 비롯한 염사곤은 아차 하는 마음이 되었다.

천마의 정체를 알고 있는 것은 아니지만 그 육신은 사마세가의 것이다.

사마세가가 원래는 사파였다는 사실은 중원인이라면 누구나가 아는 사실이다.

그런 사람 앞에서 정파 외에는 전부 위험하다는 식으로 말한 것이니 본의 아니게 실례를 범한 꼴이 되었다.

"이보게, 그런 의도로 말한 것은 아니고."

"변명하지 마라."

천마의 날카로운 목소리에 변명하려 하던 염사곤이 입을 닫았다.

한마디라도 더 꺼내면 천마가 즉시 출수할 것만 같았다.

그렇게 되면 정말로 목숨을 걸어야 할지도 몰랐다.

[이보시오, 귀하의 정체를 숨긴다고 하지 않았소?]

결국 약선이 전음을 보내서 천마를 달래야만 했다.

천마의 입장에서는 천하 제패를 한답시고 중원 전체에 피를 뿌리는 검문도 썩 달갑지 않았다.

절묘하게 이루던 삼대세력의 균형을 깬 것도 애초에 검문이
아닌가.

'마음에 들지 않아.'

근래에 들어 혈교에 집중하고 설유라로 인해 마음이 약간
누그러졌는데 다시 한 번 검문에 대한 불만이 고조되는 천마
였다.

정파의 인물이 무림을 통합하려 한다면 거창한 대업이고,
마교를 비롯한 사파가 그러한 의지를 가진다면 사악한 계책
이라는 듯이 몰아세우는 세태는 천 년 전이나 지금이나 전혀
다를 바가 없었다.

[부디 참아주시오. 노부가 저들과 간다고 말을 한 것도 아
니지 않소.]

천마가 혹시나 화를 참지 못할까 봐 두려워지는 약선이다.

절곡의 그 위험한 자들을 비롯해 강시들조차 그의 상대가
되지 않았다고 들었다.

강시를 조정하는 작업을 거치면서 그놈들이 얼마나 위험한
지 뼈저리게 알고 있는 약선으로서는 천마가 진심으로 무서웠
다.

"흥."

콧방귀를 뀐 천마의 살기가 언제 그랬냐는 듯 사라졌다.

천마로 인해 두 번이나 긴장한 나머지 공력을 최대로 끌어

올린 염사곤은 내심 짜증이 났다.

검황도 아닌 다른 사람의 눈치를 보게 되는 자신이 한심하게 느껴졌다.

'말은 그렇게 했다만 참으로 곤란하구나.'

사실 약선의 입장도 난감하기 짝이 없었다.

절곡에 있을 때만 하더라도 자신을 필요로 한다는 말은 천마 외에 누구도 하지 않았다.

그런데 막상 절곡을 벗어나고 나니 설유라 역시도 도움이 필요하다고 하니 어찌해야 할지 고민되었다.

'정작 노부의 일조차 해결하지 못했건만. 허어.'

그때 뭔가를 깨달았는지 약선의 두 눈이 커졌다.

난감해하던 차에 문득 좋은 수가 떠오른 것이다.

"참으로 난감한 상황이 아닐 수가 없소."

약선이 운을 떼자 모두의 이목이 그에게로 집중되었다.

"여기 계신 은공을 비롯해 검문에서까지 이 노부의 도움을 필요로 하고 있소."

드디어 약선이 결정을 내렸구나 하는 생각에 모두가 고개를 끄덕였다.

하지만 그의 입에서는 모두의 기대와는 전혀 다른 말이 나왔다.

"한데 정작 노부는 여러분에게 도움을 요청하려고 했소."

"그게… 무슨 말씀이죠?"

설유라 역시도 의아한지 물었다.

약선이 자신의 하얀 턱수염을 쓰다듬으며 씁쓸한 목소리로 말했다.

"노부가 절곡에 잡혀온 것은 전부 그들의 협박이 있었기 때문이오. 그렇지 않았다면 그 정체 모를 자들의 뜻을 따르지 않았을 것이오."

염사곤이 고개를 갸웃거렸다.

'아무런 연고가 없는 분인데 협박을 받았다고?'

알려진 바로 약선은 가족과 제자가 없었다.

지금이야 중원 최고의 의원으로 더욱 유명한 약선이지만, 본래는 정파의 명문 문파인 의선 동가의 문주였다.

의술과 지법으로 유명한 의선 동가였지만 다른 문파에 비해 유독 무공이 취약했다.

약선이 자리를 비운 사이에 의선 동가가 사파의 한 문파에 의해 멸문되면서 가족을 비롯해 제자들이 전부 죽임을 당하고 말았다.

그것은 무림인이라면 누구나가 아는 사건이다.

원래 그전의 약선은 의술을 베풂에 있어서 정, 사, 마를 구분하지 않았지만, 그 일을 계기로 사파의 인물을 비롯해 흉악한 자들에게는 진료를 거부하게 되었다.

"예전에 호악파라는 사파의 무리에게 습격을 당해 의선 동가가 멸문한 이후로 노부는 제자를 두지 않았소."

누군가를 받아들이기에는 상처가 컸다.

"그러나 노부도 나이가 들면서 그동안 익혀온 의술이 사장되는 것이 안타까웠기에 말년에 제자를 거두게 되었소."

과거의 후유증에 시달리는 약선이었지만 세수가 일흔을 넘어가면서 자신의 대에서 의술이 사장되는 것이 마음에 걸렸다.

결국 그는 몇 해 전에 아무도 모르게 수양딸 겸 제자를 거두게 되었다.

과거의 끔찍했던 일로 인해 아무에게도 그 사실을 알리지 않았지만, 혈교의 무리가 그것을 알아낸 것이다.

"노부가 그리 숨겼건만 그들이 노부의 제자를 찾아냈소."

"그럼 그들이 어르신의 제자 분을 납치한 것입니까?"

설유라의 질문에 약선이 고개를 저으며 말했다.

"그건 아니오. 그들은 제자의 주변에 감시하는 이들이 있다고 했소. 자신들의 명령이 떨어지면 곧장 그 아이를 해한다고. 크흑!"

약선의 눈시울이 붉어졌다.

말년에 거둔 제자인 만큼 정이 깊었다.

이러한 사정이 있던 약선은 결국 혈교 무리의 협박에 이기지 못해 그들을 도왔던 것이다.

'아, 그 운남 태수부로 찾아왔다는 자가 절곡의 그들이었구나.'

설유라는 문득 절곡에서 만난 태수부 군관이던 임태평에게 들은 이야기가 떠올랐다.

당시 임태평은 약선이 태수부로 찾아온 한 남자 때문에 미처 완치되기 전에 떠났다고 하였다.

그 이유를 이제야 알게 된 것이다.

세상에 단 하나뿐인 제자를 잃을 수 없던 약선이다.

"그래서 어떻게 해달라는 것이냐?"

숙연해지는 분위기임에도 불구하고 천마는 전혀 개의치 않는 말투로 물었다.

잔인할 수도 있겠지만 천마는 구태여 남의 일에 감정을 개입하지 않았다.

그 모습에 염사곤은 속으로 혀를 찼다.

"노부가 여러분께 제의할 것은 하나요. 노부의 제자를 위협하는 적을 해결해 주는 분의 일을 먼저 돕겠소."

약선이 떠올린 좋은 생각은 바로 이것이었다.

먼저 자신의 어려운 상황을 타개하면서 양쪽에 기회를 제공하는 것이다.

자신을 구해준 천마의 은혜에 보답하고 싶은 마음은 확실했다.

하지만 독에 중독된 검황을 계속 방치해 두는 것 역시도 무림에 혼란을 가속하는 일이라 여겼다.

이제 남은 것은 그들의 결정뿐이었다.

잠시 망설이던 설유라가 자리에서 일어나 포권을 취하며 말했다.

"저는 약선 어르신의 제안에 따르겠습니다."

그녀가 잠시 망설인 것은 시간이 지체되는 점이 마음에 걸려서였다.

아무리 검황의 내공이 심후하다고는 하나 서서히 한계에 도달할 것이다.

하지만 약선의 어려움을 모른 체할 수도 없는 노릇이고, 그의 제안을 무시한다면 왠지 검황을 치료하는 데 난항을 겪을 것 같았다.

염사곤 역시 자리에서 일어나 약선에게 정중히 포권을 취하며 말했다.

"아가씨의 말씀대로입니다. 무림의 동도로서 어찌 약선 어르신의 어려움을 모른 체할 수 있겠습니까? 저희의 일이 아니더라도 돕고 싶습니다."

아무리 좋은 의도로 말해도 가벼워 보이는 염사곤이다.

하지만 그만큼 지푸라기라도 잡고 싶은 약선이기에 고마움을 느꼈다.

"정말… 정말 고맙소, 염 대협, 설 소저."

그렇게 말하며 약선은 조심스럽게 천마의 눈치를 살폈다.

다른 이들과 달리 약선이 말하는 내내 도통 무슨 생각을 하는지 알 수 없던 그다.

'제발……'

설유라 역시도 내심 불안해졌다.

그녀가 여태껏 지켜본 사마 공자는 한 번 정한 것을 끝까지 관철시키는 남자였다.

그 점이 사내로서는 마음에 들지만 가끔은 고집불통이라는 생각이 들 때도 있었다.

한참을 가만히 곰방대를 빨기만 하던 천마가 입을 열었다.

"좋다, 그렇게 하지."

"그, 그게 정말이오? 가, 감사하외다."

이번에는 약선이 자리에서 벌떡 일어나 천마에게 포권을 취했다.

내심 천마가 고집을 피울까 불안해하던 그는 정말 다행이라고 여겼다.

다른 이들은 몰라도 마교의 시초이자 종사인 그를 설득할 수 있을까 두려웠다.

"뭘 그리 좋아하는 거냐. 귀찮은 일을 만들어놓고."

"으, 은공이 도와준다니 그렇지 않소. 허허허."

탐탁해하지 않는 천마의 말투에도 약선은 연신 고맙다고
인사했다.

'왜 약선 어르신이 사마 공자의 눈치를 보는 거지?'

염사곤의 눈에는 그게 이상해 보였다.

아무리 절곡에서 은혜를 입었다지만 그가 알고 있는 약선
은 대쪽 같은 양반이다.

누구에게도 굽히지 않는 위인이 저리 눈치를 보는 것이 마
음에 걸렸다.

반면 설유라는 달랐다.

"기회를 줘서 고마워요, 사마 공자."

천마에게 고맙다는 인사를 건넸다.

혹시나 고집을 부릴까 봐 신경 쓰였는데 천마가 제안을 받
아들이자 그것이 왠지 자신을 배려해서라고 내심 기대하게 된
그녀였다.

하지만 천마는 귀찮다는 듯이 손을 휘휘 저으며 대답조차
하지 않았다.

'…너무해.'

다른 것보다도 이렇게 자신을 밀어내는 태도는 미웠다.

그런데도 이상하게 천마에게 향하는 자신의 마음을 멈출
수가 없는 그녀이다.

"아, 아무튼 고마워요."

심술이 난 그녀는 입술을 삐쭉거리며 자리에 앉았다.

그러고는 술잔에 담긴 술을 한 번에 털어넘겼다.

'너 때문이 아니다, 계집.'

천마는 나름의 계획이 있기에 약선의 제안을 수락한 것이다.

처음 약선이 그 말을 했을 때 그냥 무시하고 데려갈까 했지만 제자를 잃은 그가 과연 제대로 도울 수 있을까 의문이 들었고, 그렇지 않더라도 붉은 눈을 가진 부활자의 육신이 필요한 그였다.

절곡에서는 단 한 명의 부활자가 있었다.

혈교의 세 기둥 중 하나인 삼석이라 불린 여자였는데 그녀를 놓쳐 버렸다.

아무리 약선이 뛰어나다고 해도 최소한의 표본이 없다면 자신의 부탁을 이행하기 힘들 것이다.

'저들에게도 약선이 반드시 필요한 존재라면 분명 단순한 감시자가 아닌 제대로 된 것들을 파견하겠지. 잘하면 본인이 직접 올 수도 있고.'

천마는 오히려 역으로 약선의 제자를 미끼로 이용할 생각이다.

굳이 마교로 그를 초빙할 필요도 없었다.

그곳에서 표본을 얻게 된다면 당장에 부탁을 할 수 있게 된다.

"그런데 약선 어르신, 제자 분이 거주한 곳이 어디지요?"

"그, 그게……."

약선이 머리를 긁적이며 미안해하는 기색을 보였다.

그러더니 조심스럽게 입을 열었다.

"…상해에 있다오."

"네? 사, 상해요?"

상해라는 말에 설유라는 머리를 망치로 맞은 듯 표정이 멍해졌다.

귀주에서 중원 동쪽 끝머리인 상해까지 가기에는 그 거리가 너무 멀었다.

검황이 제대로 치료조차 받지 못할까 봐 걱정되는 그녀였다.

하남성의 북단에 위치한 무림맹 내 검문의 본관 사층의 접객실.

언제부턴가 접객실은 손님을 위한 자리가 아닌 석금명의 집무실이 되어 있었다.

수많은 서류에 둘러싸여 집무를 보고 있는데 검문의 무사가 올라와 보고했다.

"무슨 일이지?"

"군사, 퇴왕 염사곤 대협께서 오셨습니다."

"염 대협이? 올라오라 해라."

석금명의 허락이 떨어지자 염사곤이 사층 접객실로 올라왔다.

절곡으로 향하는 설유라를 막아달라는 부탁을 받고 갔던 그다.

그동안 노심초사하는 마음으로 집무에 집중하지 못하고 기다리던 석금명이다.

"쿠쿠쿠, 이 단주, 오랜만이오."

포권을 취하며 하는 인사에 석금명도 포권으로 답례했다.

기다린 만큼 어떻게 되었는지 궁금한 그였다.

"염 대협, 어찌 되었소?"

"안 그래도 알려 드리려고 급하게 온 것 아니겠소."

평소에도 그렇지만 너스레를 떠는 그의 태도에 석금명이 인상을 굳혔다.

필요한 정보 이외에는 듣고 싶은 마음이 없었다.

언짢아하는 석금명의 표정을 보며 염사곤이 곧바로 결과 보고를 하기 시작했다.

"절곡에 들어가는 아가씨를 막진 못했소."

"막지 못했다?"

그의 말에 석금명의 표정이 무섭게 굳었다.

그렇게 우려하던 상황이 벌어지고 만 것이다.

"그럼 본인이 그다음에 부탁한 것은 기억하고 있소?"

당연히 기억하고 있었다.

만약에 여의치 않을 경우 절곡에 들어가서라도 설유라를 데려와 달라고 부탁한 석금명이다.

기껏 고생하고 왔는데 오직 걱정이 설유라에게만 향하는 석금명의 태도에 기분이 나빠진 염사곤이 섭섭하다는 투로 말했다.

"당연한 것 아니겠소. 이 단주와 삼 단주 덕분에 삼대금지 구역인 절곡 구경을 다 했소이다."

"…절곡에 들어간 것이오?"

"주공의 제자 분을 내가 그리 쉽게 포기할 것 같소?"

생색을 내는 염사곤의 태도에 그제야 미안함을 느낀 석금명이다.

검하칠위가 검문 산하에 있다고는 하나 엄밀히 얘기하면 검황의 명령에만 따르는 이들이다.

그런 그에게 위험을 감수한 부탁을 해놓고 추궁한 셈이었다.

미안함에 표정이 누그러진 석금명이 접객실의 수납장에서 잔을 꺼내 옥병에 든 술을 따랐다.

"본인이 염 대협께 과했던 것 같소."

"이건 매화주?"

"그렇소. 화산에서 본인에게 선물로 보낸 것이오."

옥병에서 흘러나온 분홍 빛깔의 술은 향으로 유명한 매화주였다.

화산파에서 보내온 이십 년 숙성시킨 고급주를 꺼낸 것이다.

평소 술을 즐겨하는 염사곤이었기에 매화주에서 흘러나오는 은은한 매화 향에 섭섭해하던 얼굴이 조금은 누그러졌다.

"흠흠, 뭘 이런 걸 다……."

"이십 년 된 것이오."

기쁜 내색을 하지 않으려고 해도 입이 벌어지는 염사곤이다.

단숨에 술을 들이켠 그의 얼굴이 붉게 상기되었다.

"캬, 역시 화산의 명주답구려."

"이제 말해주시구려. 대체 어찌 된 일인지."

석금명이 접객실의 의자에 앉기를 권하며 물었다.

매화주 한 잔에 기분이 풀어진 염사곤이 그동안 있던 일에 관해 말했다.

절곡에서 있던 일을 듣는 내내 석금명의 표정은 의외로 담담했다.

설유라의 안위가 관련된 것이 아니라면 특별한 반응이 없었다고 하는 편이 옳을 것이다.

'이상할 정도로 반응이 없군.'

이야기를 하는 염사곤이 김이 빠질 정도였다.

더군다나 절곡의 비밀이 강시와 연결되어 있다는 부분에서도 그저 고개만을 끄덕일 뿐이었다.

"…그렇게 절곡에 숨겨진 은거지를 찾게 되었소. 그리고 강시가 정체 모를 조직에 의해서 만들어졌음을 알게 되었소이다."

"강시를 만들었다고요?"

여태껏 반응이 없던 석금명이 처음으로 반문했다.

애초에 삼대금지구역이기에 불가사의한 비밀이 있을 거라고는 예측한 모양이다.

하지만 강시가 어떠한 조직에 의해서 만들어졌다고 하니 일이 심상치 않다고 판단한 것이다.

"그렇소."

"강시를 만드는 조직이라……."

강시만으로도 설화와 같은 이야기였다.

그런데 실제로 그 강시를 만드는 조직이 있다는 것은 그 의미가 달랐다.

군사의 위치에 있는 석금명이 바라보는 시점은 단순히 강시

하나가 위험하다는 문제가 아니었다.

죽지 않는 불사의 군대.

그것도 숫자가 끊임없이 늘어나는 강점을 가진 강시 군대는 무림을 혈겁으로 몰아넣을 수 있을 만큼 위험했다.

"이것을 의미한 것이었나."

석금명이 자신도 모르게 알 수 없는 말을 중얼거렸다.

이상하게 여긴 염사곤이 되물었다.

"응? 방금 뭐라고 하셨소?"

"…아무것도 아니오. 그 뒤는 어떻게 되었소?"

얼버무리는 석금명의 태도를 이해할 수 없었지만 염사곤은 별다른 내색 없이 이야기를 이어나갔다.

염사곤은 정체 모를 조직의 일원 중에 현경의 고수가 있음을 알려주었다.

"현경의 고수? 정말 현경의 고수였소?"

"내 명예를 걸고 확실하오."

"흐음……."

석금명이 신음성을 흘렸다.

오황 이외에 현경에 이른 고수의 등장은 시사하는 바가 매우 크다.

그것은 현 무림의 지각 변동을 의미했다.

더욱 최악인 것은 염사곤의 말대로라면 그 현경의 고수는 강시를 만든 조직의 일원이라는 것이다.

'새로운 현경의 고수가 등장했단 말인가. 하아, 단 한 곳에서 일어난 일이라고 하기에는 대충 흘려 넘길 일이 하나도 없구나.'

일어나는 사태가 심상치 않았지만 지금 그에게 중요한 것은 설유라의 안위와 검황과 대사형 종현의 중독을 치료하는 일이었다.

아직 이야기는 끝나지 않았다.

"흐음, 그래도 다행인 것도 있소."

자신의 성과가 아니기에 알리는 것이 껄끄러웠지만 결국 말했다.

염사곤은 절곡에 있던 강시들의 대다수를 없앤 것과 그 현경의 고수를 패퇴시켰음을 알렸다.

"그 강시들을 없앴단 말이오? 정말 훌륭한 일을 하셨소!"

이야기를 들으면서 상당히 우려하던 부분인데 강시를 없앴다니 대단한 성과였다.

그것은 어지간한 공적 이상이었다.

석금명이 흡족한 미소를 지으며 염사곤의 공을 높이 샀다.

사부인 검황이라도 그를 극찬했을 것이다.

'뭐, 강시를 없애는 데는 나도 일조했으니.'

짐짓 찔리는 부분이 있었지만 거짓말은 아니었다.

단지 강시를 없앤 숫자의 단위가 천마와 확연하게 차이가 났지만 말이다.

"그런데 현경의 고수를 패퇴시켰다니, 염 대협이 말이오?"

검하칠위의 일곱 고수는 전부 화경의 고수들이다.

그들 하나하나의 실력 차는 존재했지만 그것은 화경 내에서의 차이였다.

오황을 제외하면 현 무림에서 최고라 불리는 검하칠위지만 현경의 고수를 패퇴시키는 것은 무리였다.

"흠흠, 내, 내가 아니오."

"그럼 누가 그랬단 말이오?"

염사곤 그 자신이었으면 정말 좋을 뻔했지만 아니었다.

왠지 젊은 후학에게 밀렸다는 생각에 말을 하기가 짐짓 부끄러웠다.

"그건… 사마세가의 장자인 사마영천이었소."

"사마세가? 설마 사파에서 정파로 전향한 그 세가를 말하는 것이오?"

석금명이 눈에 이채를 띠고 물었다.

그는 무림맹의 군사 자리를 역임하면서 어지간한 무림 문파의 정보에 밝았다.

그가 알기로 사마세가의 장자인 사마영천은 세가 내에서도 버리는 패로 알고 있었다.

"…고작 약관에 불과한 청년이지 않소?"

"맞소. 한데 그 실력은 정말 무시무시할 정도요."

아직도 절곡에서의 천마를 떠올리면 소름이 돋을 정도로 강했다.

어쩌면 차기 무림의 오황이라고 보아도 지나치지 않았다.

반면 석금명은 전혀 이해할 수 없다는 듯이 물었다.

"현경의 고수를 패퇴시키려면 적어도 같은 무공 실력을 지녀야 하는데 그 사마영천이라는 젊은 청년의 실력이 그리 뛰어났단 말이오?"

"부끄럽지만 그 실력이 적어도 본인보다 위임은 확실하오."

검황의 대제자인 종현 역시도 검문을 비롯해 무림에서는 천재라 불렸다.

그조차도 약관의 나이에는 초절정의 경지에 불과했다.

그런데 무공으로 그리 명문도 아닌 사마세가에서 현경의 고수를 배출했다는 것은 일대 사건이라고 할 수 있었다.

'기연을 연달아 얻었다고 해도 그건 불가능할 터인데.'

도무지 설명이 되지 않는 일에 석금명은 할 말을 잃었다.

그것에 개의치 않고 염사곤이 말을 이었다.

"아무튼 그렇게 적을 패퇴시킨 후 약선을 구출할 수 있었소. 정말 잘된 일이지 않소?"

"약선을? 약선을 구한 것이오?"

젊은 현경의 고수에 관해 의구심에 빠져 있던 석금명은 약선을 구출했다는 말에 화들짝 놀라며 자리에서 일어나 물었다.

그러다 자신이 실수했음을 깨닫고는 다시 자리에 앉았다.

설유라가 중원을 돌아다닌 이유가 약선을 찾기 위한 것임은 기밀이었다.

"역시 그랬구려."

염사곤의 의미심장한 말에 석금명이 짐짓 잡아뗐다.

"그게 무슨 말이오?"

"주공께 변고가 생겼다는 소문 말이오."

"그건……."

염사곤의 진지한 눈빛을 보니 이미 전후 사정을 짐작한 것 같았다.

설유라를 구하러 가서 약선마저 구출했다고 말한 것을 보면 이미 모든 것을 알고 있는 게 분명했다.

결국 석금명은 고개를 끄덕이며 긍정할 수밖에 없었다.

"그렇소. 사부님께서도……."

"서독황의 독에 중독된 것이 맞는구려."

대제자인 종현이 중독된 사실은 이미 퍼질 대로 퍼져 있었다.

단지 정보를 차단하고 있기에 검황도 독에 중독되었다는

건 소문으로 나돌 뿐이었다.

석금명이 씁쓸한 얼굴로 고개를 끄덕이자 염사곤이 품에서 무언가를 꺼냈다.

그것은 보랏빛 비단 주머니였다.

"이건?"

"이 단주가 직접 열어보시오."

석금명이 주머니를 받아서 풀어보았다.

주머니를 풀자 약방에서나 날 법한 한약 냄새가 피어올랐다.

주머니 안에는 어린아이 주먹 크기 정도의 갈색 구슬과도 같은 환이 들어 있었다.

"이게 무엇이오?"

"약선이 직접 만든 피독단이오."

피독단(避毒團).

그것은 독을 막고 해독을 할 수 있는 유명한 단환이다.

어지간한 독은 몸에 침투하는 것을 막고, 그것을 고아서 약물을 내면 해독을 할 수 있는 보물이었다.

워낙 제조 과정도 어렵고 그 안에 들어가는 약초도 구하기 힘들어 중원을 통틀어 몇 없는 보물이기도 했다.

"이 귀한 것을 어찌……?"

"약선께서 급한 대로 이것을 갖다 주라고 하였소. 피독단을 달인 약물로 독을 해독할 수 있을 거라고 했소. 만약 피독단으로 힘든 독일지라도 증상을 완화시킬 순 있을 거라고 하더이다."

피독단은 약선의 응급 처방이었던 것이다.

내기를 제안하면서 소요되는 시일을 염려한 그의 배려였다.

피독단으로 독이 제거된다면 더욱 좋은 일이지만, 약선이 이르기를 서독황 역시도 피독단에 들어가는 약초를 알고 있기에 완전한 해독은 힘들 것이라고 했다.

"그럼 약선은 오지 않는 것이오?"

석금명의 질문에 염사곤은 약선이 제안한 내기에 대해 말했다.

처음에는 왜 그런 내기를 한 것인지 이해하지 못한 석금명이었지만 후에 약선을 구출한 것이 천마인 것을 알고는 수긍할 수밖에 없었다.

'염 대협이 그런 내기를 받아들였다는 것은 정말 그자가 강하다는 의미로군.'

주공인 검황이 중독된 상황이다.

화경의 고수인 그가 강제력을 발휘한다면 약선을 데려오는 것은 어려운 일도 아니었다.

그런데 내기를 받아들였다는 것은 염사곤이 그 사마영천이라는 자를 감당할 자신이 없었기 때문일 것이다.

더 이상의 자극은 염사곤을 무시하는 처사였기에 석금명은 입을 다물었다.

"그렇다면 관건은 약선의 제자를 먼저 구출하는 것이겠구 려."

"그것 때문에 본인도 곧장 상해로 가봐야 할 것 같소."

약선이 제안한 내기는 공평했다.

그렇기에 설유라가 먼저 출발한 것이고, 염사곤은 급한 대로 피독단을 전해주기 위해 검문을 먼저 들른 것이다.

"후우, 염 대협이 이렇게까지 고생할 줄은 정말 몰랐소. 검문을 대표해, 아니, 사부님과 대사형을 대신해 진심으로 감사드리오."

석금명이 자리에서 일어나 염사곤을 향해 공손이 허리를 숙였다.

이에 괜히 쑥스러워진 염사곤이 손사래를 쳤다.

"에이, 주공을 위해서라면 본인이 뭘들 못하겠소이까."

"그래도 삼대금지인 절곡의 출입부터 시작해 염 대협이 아니라면 누구도 할 수 없던 일이오. 그렇기에 마지막까지 부디 부탁드리는 바이오."

허리를 숙여 하는 진심 어린 감사의 말과 부탁은 의심 많은 염사곤의 마음조차 움직였다.

이에 기분이 한껏 좋아진 염사곤이 자리에서 일어나 포권을 했다.

"이 단주, 본인에게 맡겨주시오!"

염려 놓으라고 말한 염사곤은 곧장 상해로 출발하기 위해 계단을 내려가려 했다.

그때 석금명이 그런 그를 불러 세웠다.

그러더니 미심쩍은 표정으로 물었다.

"염 대협."

"왜 그러시오?"

"…혹시 말이오, 그 사마영천이라는 청년의 두 눈이 붉지 않았소?"

42장

상해

호남성과 강서성, 그리고 광동성이 교차하는 중원 광동성의 북부.

광동성에서 중원으로 뻗어나가는 입구인 이곳은 소관(韶關)이라 불렸다.

소관이라 불릴 만큼 중원 대륙으로 뻗어나가는 산봉우리가 펼쳐진 경관은 아름답기 그지없었다.

소관에는 청록색으로 펼쳐지는 숲과 붉은 단층으로 이뤄진 바위산이 어우러져 있었는데 이곳을 단하산(丹霞山)이라고 했다.

단하산에서 멀지 않은 곳에는 큰 마을이 형성돼 있었는데, 이곳의 중심부에 으리으리한 장원이 있다.

장원의 이름은 단하장원.

그 주인은 광동성의 패자인 남마검 마중달이었다.

무공과 군략, 그 외에 풍수지리에도 능한 마중달은 이곳 중원으로 뻗어나가는 입구인 소관의 정기를 받기 위해 단하산 쪽에 근거지를 세웠다.

마교로 거처를 옮긴 후 한동안 방치해 두었던 단하장원으로 돌아온 그는 며칠간 화를 다스리기 위해 폐관에 들어갔었다.

누구에게도 들어오지 마라 지시한 마중달이 폐관에서 나온 것은 밤하늘을 밝게 비추는 보름달이 뜬 자시 무렵이었다.

장원을 벗어난 마중달의 신형이 빠르게 어딘가로 향했다.

그곳은 붉은 단층의 단하산 꼭대기였다.

꼭대기에 오른 마중달은 무언가를 기다리는 듯 한동안 그곳에 앉아서 북쪽을 응시하고 있었다.

얼마 지나지 않아 마중달의 눈에 보름달을 가로질러 날아오는 무언가가 들어왔다.

그가 허공을 향해 손을 뻗었다.

날개를 퍼드덕거리는 소리와 함께 보랏빛 수리가 활공하며 내려와 그의 팔에 안정적으로 착지했다.

"늦었구나."

생각보다 수리의 도착이 늦은 것이 불만인 듯 마중달이 인상을 찌푸렸다.

그는 자신의 팔에 착지한 수리의 부리에 미리 준비해 둔 돼지고기 덩어리를 물려주었다.

이어 수리의 발목에 묶여 있는 작고 긴 통발에서 돌돌 말린 서찰을 꺼내 들었다.

서찰은 아무것도 적혀 있지 않은 하얀 백지였다.

마중달이 작은 호리병을 꺼내 검은 액체를 서찰에 흘리자 비어 있던 서찰에 검은 액체가 들러붙어 글씨를 형성해 갔다.

글씨가 완전히 형성되는 동안 마중달의 눈빛은 초조하기 짝이 없었다.

그것은 무언가를 간절히 바라는 눈빛이었다. 글씨가 완전히 형성되자 종이를 펴 들어 천천히 아래로 훑어 내려갔다.

오랜만이오. 거두절미하고 일이 이렇게 되어서 안타깝게 생각하고 있소.

공의 말대로 누군가의 개입의 여지가 느껴지고 있소.

개입한 자를 알아내지 못한다면 마교를 손에 넣는 것은 힘들 것이오.

본인은 그때 공이 얘기한 죽은 자를 부활시키는 것을 저지했다는 부분을 주목하고 있소.

정말로 부활을 저지한 것이오?

서찰을 읽어 내려가던 마중달의 눈빛이 흔들렸다.

분명 그때 사람을 보내 제령 의식을 펼치게 하여 의식을 방해했다.

하나 만약에 정말 태상교주가 부활한 것이라면 앞으로의 향방은 알 수 없게 된다.

일단은 그것이 중요한 것이 아니었다.

이자가 자신의 그 부탁을 들어줄지가 관건이다.

마중달은 남은 글씨를 읽어내려 갔다.

그것이 아니라면 그대의 말대로 유능한 군사를 영입했을 가능성도 있소.

아! 그리고 그대의 부탁은 공식적으로 들어줄 수 없소.

사정이 안타깝긴 하지만 대의를 위해선 때로 희생이 필요하오.

'그자'를 너무 자극하지 않았으면 하오.

정세가 불안정한 시국이기에 부디 자중하길 바라겠소.

"어찌 이럴 수 있단 말인가! 본좌를 능멸하는 것이더냐! 아무리 그자가 두렵다고 하더라도 어찌……."

어찌나 노기가 치솟았는지 마중달의 몸이 부들부들 떨려왔다.

서찰의 내용대로라면 자신의 식솔들을 희생시키라는 것이다.

화가 머리끝까지 차오른 마중달은 서찰을 갈기갈기 찢어 날려 버렸다.

격해진 그의 행동에 보랏빛 수리가 놀라서 날개를 퍼덕거렸다.

"응?"

수리가 움직이며 열려 있던 통발 안에서 작은 종이 뭉치가 떨어졌다.

마중달이 손을 내밀자 바닥으로 떨어지던 종이 뭉치가 그의 손으로 빨려들어 왔다.

꾸깃꾸깃해져 있는 종이 뭉치를 펴보자 역시나 아무런 내용도 적혀 있지 않았다.

호리병의 검은 액체를 구겨진 종이에 흘려보내자 이윽고 글씨가 생겨났다.

단오절에 맞춰 해남으로 마교주의 여식 천나연 이송 예정.

마중달의 두 눈이 커졌다.

분명 서찰에서 자신의 부탁을 거절했는데 중요한 정보를 제공한 것이다.

영민한 두뇌의 소유자인 마중달은 이것이 의미하는 바를 곧장 파악할 수 있었다.

"공식적으로 들어줄 수 없다는 것이 이런 의미였나."

'그자'의 눈을 의식해 결국 자신의 힘으로 그녀를 빼돌리라는 의미였다.

마중달은 잠시 고민에 빠졌다.

확실한 것은 그녀를 빼돌리는 순간 '그자'와 척을 질 수도 있다는 것이다.

하지만 탐욕이나 욕망보다도 더 큰 것이 부정(父情)이고 가족애였다.

손에 쥔 것을 전부 잃고 얻는다면 무슨 의미일까.

보름달이 밝은 밤하늘 아래 마중달의 그림자 진 근심이 깊어갔다.

장강(長江).

중원 대륙을 상징하는 강이다.

중원 대륙의 중남부를 관통하는 이 강은 만 육천 리에 달할 정도로 광활하면서도 긴 거리를 자랑했다.

그렇기에 이 수로를 이용해 교역을 비롯한 문화가 발달하기도 했다.

자그마치 세 개의 성을 거치고 있는 이 강은 중원의 숨결이라 부르기도 했다.

장강을 거슬러 올라가는 상단의 배가 있다.

배의 난간에 걸터앉아 유유자적 경치를 감상하는 이가 있었으니 그는 천마였다.

귀주에서 상해로 향한다던 그가 이곳 장강을 올라가는 배를 타고 있는 데는 이유가 있었다.

그것은 약선이 제안한 내기 때문이었다.

약선의 제자를 먼저 구하는 쪽의 일을 해결해 주기로 한 내기였다.

사실 내기를 하는 것이지만 설유라는 천마와 함께하고픈 마음에 상해까지의 여정에 동행하자고 제안했다.

하지만 천마는 단번에 거절했다.

실망한 그녀는 그 길로 곧장 말을 구해 모용월야와 함께 여정을 떠났다.

자신의 의지와는 상관없이 중원 전역을 떠돌아야 하는 모용월야였다.

원래는 천마 역시도 설유라와 마찬가지로 육로로 가려 했으나 도중에 생각을 바꾸었다.

'말을 타는 것보다 수로로 관통해서 가는 편이 빠르겠군.'

그렇게 결정한 천마는 귀주에서 호남의 북부로 빠져 배를 구한 것이다.

장강에는 상단의 배가 많았기에 뱃삯만 제대로 지불한다면 배편을 구하는 데는 무리가 없었다.

"으음……."

신음성을 흘리는 백발, 백염의 나이 지긋한 한 노인이 있다.

그는 약선 백오였다.

처음에는 안면이 있고 좀 더 대하기가 편한 설유라를 따라 동행하려 한 약선이지만 이내 마음을 바꿀 수밖에 없었다.

천마가 아니면 그 정체 모를 조직으로부터 자신을 보호해 줄 사람이 없다고 판단했기 때문이다.

더군다나 염사곤은 검문을 거쳤다가 상해에서 합류한다고 했으니 더더욱 그러했다.

한번 강제로 억류되고 나니 두려움이 커진 그였다.

"배가 고프구먼."

약선은 선단 바닥에 앉아 짐 꾸러미에서 미리 챙겨온 찐 감자를 꺼냈다.

여객선이 아닌 상단의 배에 탄 것이기에 따로 식사를 제공하진 않았다.

'저자는 배가 고프지도 않나?'

천마를 따라다니면서 느낀 건데 그는 생각 외로 식사를 많이 하지 않았다.

대부분은 소량의 육포나 건량 같은 것으로 때우고 있었다.

약선이 감자를 베어 먹으며 허기진 배를 달래는 사이 누군가 그들을 향해 다가왔다.

상단 배의 호위무사인 어동이라는 이였다.

어동은 짤랑거리는 소리가 나는 큰 가죽 주머니를 들고 있었다.

"어르신, 이제 곧 수로십팔채 중 용호채의 영역입니다."

"응? 그게… 수로십팔채라면……?"

상단의 배가 많은 장강에는 유명한 도적 떼가 있다.

원래는 하나둘에 불과하던 도적 단체가 연합을 맺어 만든 것이 장강수로십팔채였다.

긴 장강에 열여덟 채의 도적 집단이 각자의 영역을 지정해 상단의 배에서 통행료를 받아 이익을 챙겼다.

그들은 사파의 무림인들로 이뤄진 수로의 도적이었기에 관에서도 통제하기 힘들었다.

호위무사인 어동이 배를 돌아다니며 객들에게 돈을 받는 이유는 통행료를 지급하기 위해서였다.

"노부가 어떻게 하라는 겐가?"

"어르신, 장강의 배에선 수로채에 대한 통행료를 각자가 책임지는 것이 관행입니다."

십팔채마다 각각 통행료를 뜯어내는 방식이 달랐으나 대개
가 공통적인 점은 배에 타고 있는 사람들이 현재 지니고 있는
재산의 오분지의 일을 통행료로 헌납받는 것이었다.

그렇게 된다면 장강에 수로채가 열여덟 개나 되는데 남아
나는 재산이 있겠는가.

하지만 그들도 나름의 체계를 가지고 있다.

한 상단의 배에 통행료를 지급받을 수 있는 수로채를 세 개
로 한정지었다.

통행료를 지급한 배에는 자신들의 표식을 그린 깃발을 주
기 때문에 다른 수로채의 영역을 안전하게 통과할 수 있었다.

"돈을 달라는 겐가?"

"어르신께서 가지고 계신 돈의 오분지의 일만 이 가죽에 담
아주시면 됩니다."

"허어."

사파의 도적 무리에게 통행료를 지급한다는 것이 마음에
들지 않는 약선이다.

하지만 모두가 관행이라며 쉬쉬하는 마당에 혼자서 통행료
를 내지 않는다고 소란을 피우기도 우스웠다.

쨍그랑!

결국 통행료를 지급했다.

그러나 변수는 의외의 곳에서 발생했다.

배의 난간에 걸쳐 앉아 강 저편의 경관을 구경하고 있는 천마에게 통행료를 내라고 권한 어동은 몇 번을 권하다 결국 천마에게 한 대 얻어터지고 말았다.

퍽!

"크억!"

어찌나 아픈지 고작 한 대를 맞고 선단 바닥을 뒹굴었다.

천마는 뒤도 돌아보지 않고 어동을 향해 경고했다.

"귀찮게 굴지 말고 꺼져라."

분한 마음이 든 그였지만 저 난간에 걸쳐 있는 남자는 분명 무림인이었다.

그것도 자신보다 무공이 훨씬 뛰어난 자였다.

'언제 주먹에 맞았는지 보이지도 않았어. 젠장!'

상단 배의 호위무사로 일한 지 팔 년 동안 한 번도 수로채를 지나칠 때 통행료를 지급하는 관행을 거부한 사람이 없었다.

귀찮은 일을 피하고 싶기도 하고 장강수로십팔채의 악명 때문이기도 했다.

"으득! 후회할 것이오."

차마 면전에 대놓고 할 용기는 없어 작게 중얼거렸다.

어동은 화가 난 얼굴로 발을 쿵쿵거리며 다른 객들에게

갔다.

그 모습을 보며 약선이 내심 불안해했다.

'왠지 귀찮은 일에 휘말릴 것 같은데……'

천마가 걱정되는 것이 아니라 시끄러운 일이 벌어질까 봐 두려웠다.

배로 이동하는 이상 어떠한 일이 벌어질지 예측하기 힘들었다.

그리고 그 불안감은 이윽고 현실로 나타났다.

둥둥둥!

북을 치는 소리와 함께 용호채의 배 열 척이 나타났다.

열 척의 배는 어느새 상단의 배를 에워싸고 도망칠 수 없도록 만들었다.

용호채 두목의 것으로 보이는 화려한 갑판의 배가 닻을 내리고 상단의 배에 다리를 내려 연결했다.

수십 명에 이르는 험상궂고 얼굴에 상처가 가득한 사내들이 상단의 배로 들어왔다.

그들의 앞에 서 있는 큰 덩치의 사내가 용호채의 두목인 사일검 광도였다.

"어서 오십시오! 용호채의 어르신인 광도 님을 뵙습니다!"

마치 손님을 모시기라도 하듯 상단주가 호위무사들과 함께 인사를 건넸다.

사일검 광도는 흡족한 얼굴로 인사를 받으며 상단주와 호위무사들이 건네는 가죽 주머니를 받았다.

원활하게 진행되는 분위기였다.

그런데 상단주의 옆에 서 있던 어동이 나서서 사일검 광도에게 무언가를 얘기하자 그의 얼굴이 딱딱하게 굳었다.

"감히 통행료 지급을 거부해?"

어동이 천마가 통행료를 지급하지 않은 것을 용호채의 두목에게 고한 것이다.

그것은 천마에게 맞은 것을 마음에 담아두고 있던 어동의 복수였다.

사일검 광도가 당장 누군지 고하라고 소리를 질러대자 어동이 신이 난 얼굴로 배의 옆 편에 앉아 있는 천마를 가리켰다.

"저놈을 당장 데려와라!"

광도의 명령에 그의 부하들이 험상궂은 표정을 지으며 천마에게 어슬렁어슬렁 다가왔다.

그 옆에 있던 약선의 눈에 천마의 입꼬리가 뒤틀리는 것이 선명하게 보였다.

'…아아!'

다년간의 수적 생활로 위협을 하는 데는 도가 튼 용호채의 수적들이다.

광도의 명령으로 통행료를 내지 않은 저 건방진 작자를 잡기 위해 온갖 인상을 쓰면서 다가갔는데 왠지 모르게 느낌이 좋지 않다.

그래도 자신들의 뒤에는 장강십팔수로채의 제일채인 용호채의 두목 사일검 광도 님이 계시다.

"이봐, 네놈!"

다시 자신감이 충만해진 그들이 칼을 들이밀었다.

그 순간 검은 장포를 입은 남자의 손가락이 움직였다.

촤악!

"웅?"

뭔가가 베이는 소리가 나면서 놀라운 일이 벌어졌다.

우측 배의 선단 바닥이 올라오는 것이 그의 시야에 들어왔다.

놀란 나머지 두 눈이 커졌지만 아무런 소리도 지를 수가 없었다.

"허억!"

"꺄아아아아악!"

배에 타고 있던 상단 사람들과 객들이 솟구치는 핏줄기에 소리를 질렀다.

용호채 수적 하나의 목이 그대로 날려갔기 때문이다.

"이, 이게 무슨 요술을 부리는 거냐!"

촤악!

동료의 목이 베인 것에 놀란 다른 수적 한 명이 천마를 향해 도를 휘두르려 했지만 마찬가지로 목이 날려가 버리고 말았다.

두 구의 시체가 내뿜는 핏줄기에 바닥의 목판이 붉은 피로 물들었다.

"허어……."

약선의 입에서 씁쓸한 신음성이 흘러나왔다.

왠지 모를 불길함이 들어맞고 말았다.

천마의 성격상 그냥 넘어갈 것 같진 않았는데, 설마 고민도 없이 수적의 목을 베어버릴 거라고는 예상치 못했다.

'천마… 이자는 흉성이란 말인가.'

흉성(凶星).

불길한 징조를 나타내는 흉성과도 같은 남자였다.

천 년 전에도 마도로서 악명을 날린 자다.

현 무림에 흉악함의 전설과도 같은 저자가 나타난 것이 절대 길조가 아닌 것만은 틀림없어 보였다.

한편, 사일검 광도의 눈빛이 달라졌다.

그것은 일종의 두려움이었다.

'뭐야, 저놈? 대체 어떻게 한 거지?'

사일검(蛇佚劍)이라는 별호를 가진 만큼 검술에 조예가 있는 광도이다.

수적임에도 불구하고 사파에서 명성을 달리하는 장강십팔채의 열여덟 두목 중 하나인 그는 절정의 실력을 가진 무공의 고수이기도 했다.

'아무것도 보이지 않았어.'

검을 출수하는 기세조차 느끼지 못했다.

그런데 수하들의 목이 베이고 말았다.

느껴지는 기운은 검기에서 파생되는 날카로운 예기이다.

'극도의 쾌검이란 말인가?'

분명 허리춤에 찬 검집을 보면 검객임은 틀림없었다.

하지만 출수 자세조차 없고 발검조차 보이지 않을 정도의 고수라면 적어도 초절정 이상의 고수일 확률이 높았다.

"두목, 저, 저놈이 아평과 감영의 목을 베었습니다! 당장 죽여야 합니다!"

눈치가 없는 부관이 화가 난 얼굴로 외쳤다.

그러자 뒤에 있는 수십 명의 수하들 역시 바닥으로 무구를 내려치며 분노를 표했다.

쿵쿵!

수십 명의 수적이 무구를 내려치니 배 갑판이 흔들렸다.

예기치 못한 상황에 당황한 상단주가 무릎을 꿇고 빌었다.

"어, 어르신, 부디 노여움을 거둬주십시오!"

장강에서 이들의 분노를 사게 되면 더 이상의 상단 행은 불가능해진다.

어떻게든 노여움을 풀어야 했다.

"이번 통행료를 두 배, 아니, 세 배로 지불할 터이니……."

픽!

"어억!"

상단주의 말이 끝나기도 전에 광도의 부관이 그를 발로 걸어찼다.

발길질에 상단주가 선단 바닥에 넘어졌다.

"어디서 수작질이야! 동료들이 죽었는데 우리 용호채가 더러운 돈에 넘어갈 것 같으냐!"

"히익!"

살기 어린 부관의 말에 상단주의 얼굴이 하얗게 질렸다.

'제, 젠장!'

처음의 의도와 다르게 분위기가 거칠어지자 호위무사 어동의 얼굴에 당혹감이 서렸다.

그저 자신에게 망신을 준 저자 한 명을 해결하려 했을 뿐이다.

그런데 까딱하다가는 상단 전체가 물고기 밥이 되게 생겼다.

'무슨 수든 써야 한다.'

어동은 재빨리 그들의 앞으로 다가가 무릎을 꿇고 머리를 조아렸다.

그리고 절실한 목소리로 말했다.

"광도 님, 부디 노여움을 거둬주십시오. 저자는 저희 상단 사람도 아니고 배를 얻어 탄 객입니다. 생전 처음 본 자의 무례한 행동에 여태껏 용호채와 좋은 관계를 맺어온 저희 상단을 이리……."

좌악!

어동의 말이 끝나기도 전에 그의 목이 바닥으로 떨어져 데굴데굴 굴렀다.

베인 목에서 피가 솟구치며 그 앞에 있던 광도와 수적들의 얼굴로 튀었다.

그야말로 개죽음이었다.

"정말 귀찮게 하는 놈이야. 안 그래?"

언제 다가왔는지 그들의 앞에 천마가 서 있었다.

방금 전까지만 해도 배를 뒤집기라도 할 것 같은 분위기로 외쳐 대던 수적들의 입이 꾹 다물어졌다.

눈앞의 사내에게서 풍겨오는 압도적인 살기에 오한이 느껴질 정도였다.

"귀, 귀하는 대체 누구시오?"

광도가 떨리는 목소리로 물었다.

마치 사자의 벌린 입속에 머리를 집어넣고 있는 듯한 공포감에 젖어들었다.

이자가 마음만 먹는다면 배 위에 있는 모든 사람을 학살할 수도 있다고 판단되었다.

그것은 그럴 수도 있다가 아닌 확신이었다.

지금 당장 무릎이라도 꿇고 사죄를 하든지 도망을 가든지 선택해야 했다.

하지만 세상의 모든 일이 뜻대로 되는 것은 아니었다.

"후우, 후우, 후우."

공포심에 젖었지만 그에 못지않게 충성심이 짙은 부관이었다.

용호채의 수백에 이르는 수적들이 배 위에서 이를 지켜보고 있었다.

가장 정예인 두목과 부관인 자신이 머리라도 숙이게 된다면 그 여파는 감당할 수 없으리라 여겼다.

'내가 지켜야 해.'

챙!

"죽어어어엇!"

부관은 도를 뽑아 들고 단숨에 천마의 목을 내려치려 했다.

비록 발도술이 빠른 것은 아니었지만 코앞에서 시도한 기습과도 같은 일격이었다.

부관은 있는 힘껏 천마의 목을 베었다.

그러나.

"엇?"

분명 자신의 팔이 천마의 목을 그었건만 아무런 일도 일어나지 않았다.

오히려 선단 바닥에 무언가 떨어지는 소리가 들렸다.

댕그랑!

그것은 자신의 애도였다.

애도의 도병을 자신의 손이 꼭 쥐고 있었다.

푸슉!

"으, 으으으, 으아아아악!"

이를 인지하는 순간 말로 형용할 수 없는 고통이 오른 손목에서 느껴졌다.

도를 휘두르는 새에 도를 들고 있던 손이 잘려 나간 것이다.

고통스러워하는 부관의 귀로 천마의 살기 어린 목소리가 들려왔다.

"남의 목을 노렸으니 그 대가는 치러야겠지?"

"헉, 헉?"

촤악!

뭐라고 대답하기도 전에 부관의 목이 날려갔다.

목이 잘린 부관은 실 끊어진 인형처럼 비틀거리더니 이내 바닥으로 쓰러졌다.

불과 얼마 되지 않는 새에 부하 세 명의 목이 날려갔다.

'안 돼. 이자는 절대 건드려선 안 돼.'

오랜 수적 생활을 하면서 절세적인 고수를 만난 적이 없을 리가 없다.

그런 고수들을 상대로 그가 경험한 것은 절대로 자극시켜서도, 호기를 부려서도 안 된다는 것이었다.

털썩!

광도가 선단 바닥에 무릎을 꿇었다.

그러고는 뒤에 있는 부하들에게 소리 높여 다그쳤다.

"당장 무릎 꿇엇!"

우르르! 쿵! 쿵!

광도의 말이 끝남과 동시에 수십 명의 수적들이 너나 할 것 없이 서둘러 바닥에 무릎을 꿇었다.

다른 배에 타고 있는 동료들이 웅성거리며 의아해했지만 신경 쓸 상황이 아니었다.

까딱 잘못하다가는 목이 날아갈 판국이니 체면이고 뭐고 생각할 겨를이 없었다.

모두가 무릎을 꿇자 광도가 바닥에 세게 머리를 찧으며 외쳤다.

"이 미천한 광도가 대협을 몰라 뵈어서 죄송합니다! 이렇게 머리 숙여 사죄드리겠습니다!"

광도가 머리를 박으며 사죄하자 부하들도 따라 했다.

"사죄드리겠습니다!"

선단의 상단주를 비롯해 사람들이 신기한 눈빛으로 이 광경을 바라보았다.

장강의 수로 위에서 장강수로십팔채는 절대로 건드릴 수 없는 무법 집단이었다.

그런 그들의 두목이 한 남자에게 머리를 조아리고 사죄하는 것이다.

웅성웅성!

사람들의 반응이 어떠하든 천마의 살을 찌를 듯한 살기는 좀처럼 가시지 않았다.

이에 가장 불안해하는 이는 약선이었다.

벌써 세 사람의 목을 날렸는데 분위기만 보아서는 수적들의 목을 전부 다 벨 기세였다.

'까딱하다가 장강이 피로 물들겠구나.'

마도의 종주라 불리는 남자답게 인정사정없다고 여겨졌다.

그때 천마가 발걸음을 떼더니 광도의 앞으로 다가갔다.

'으으으......'

단지 걸어올 뿐이건만 심장이 쿵쾅거리며 요동쳤다.

코앞까지 걸어온 천마가 우람한 체구의 광도의 목을 움켜잡더니 가뿐하게 들어 올렸다.

"캑캑!"

갑자기 목을 움켜쥐는 통에 숨이 막힌 광도가 고통스러워했다.

내공을 끌어 올려 목을 보호해 보려고 해도 공포심 때문에 아무것도 할 수 없었다.

천마가 두려움에 떠는 광도를 바라보며 말했다.

"왜, 이제야 좀 무서워 보이더냐?"

"캑캑, 그, 그건……."

"머리라도 숙이면 이대로 끝낼 것 같았느냐?"

천마는 한번 시작하면 끝을 봐야 하는 성격의 소유자였다.

자신을 건드린 상대에게 자비를 베풀 만큼 인자함을 지니고 있지 못했다.

"캑캑, 제발… 제발… 살려주십… 시오. 뭐, 뭐든지… 들어… 드릴 테니……."

목이 잡혀 제대로 말도 못하면서 삶에 대한 애착이 강한 광도는 천마에게 살려달라고 애원했다.

하지만 천마는 전혀 봐줄 생각이 없었다.

"뭘 들어줘, 인마. 네놈을 시작으로 이 장강에서 용호채는 영원히 사라질 것이다."

"헉!"

숨이 막혀 얼굴이 터질 듯이 붉게 물든 광도는 천마의 한 치의 망설임 없는 눈을 보는 순간 할 말을 잃고 말았다.

이자는 절대로 허언을 할 남자가 아니었다.

정말로 용호채의 수적들을 한 사람도 남김없이 전부 죽일 작정으로 보였다.

'자, 잘못 건드렸어. 용의 역린을 건드리다니……'

하지만 이미 늦었다.

"이제 그만 가라."

"히익!"

천마의 좌수가 그의 심장을 파고들려고 하는 찰나였다.

몸을 움찔하며 두 눈을 감은 광도는 아무것도 느껴지지 않 자 벌써 자신이 죽은 것일까 하는 착각마저 했다.

그런데 목에서 느껴지는 고통을 보면 아직 죽진 않았다.

광도가 천천히 실눈을 떴다.

그의 심장을 꿰뚫으려던 천마의 좌수가 그의 심장 부근에 멈춰 있다.

의아해하는 그에게 천마가 물었다.

"어이."

"캐, 캑!"

곧장 답변하려 했지만 목을 움켜쥔 악력이 너무 셌다.

쿵!

천마의 손에 힘이 빠지면서 광도가 선단 바닥에 털썩 주저 앉았다.

목에 선명하게 남은 붉은 손자국을 매만지며 광도가 재빨리 무릎을 꿇고 말했다.

"네, 넵!"

"네놈들 말고 장강에 수적 집단이 몇 채나 더 있지?"

'응?'

뜬금없는 질문에 광도는 내심 의아해했다.

현 무림 사람들은 장강수로십팔채에 대해서 잘 알고 있었지만 천마가 활동하던 시절에는 장강에 연합체를 맺은 수적 집단이 존재하지 않았다.

"여, 열일곱 채입니다."

"열일곱 채? 네놈들 같은 집단이 그만큼이나 된다는 것이냐?"

"그렇습니다!"

"흠, 너무 많은데……."

'아!'

천마의 말에 광도의 눈빛이 일순간 반짝였다.

아무리 괴물같이 강한 자라고 해도 대규모의 집단은 두려워하는 것 같았다.

하긴 이 장강에서 아무리 강하다고 해도 물 위일 뿐이었다.

자그마치 사천 명에 육박하는 수적을 일개 개인이 어찌하겠는가.

그러나 이어 천마가 하는 말은 가관도 아니었다.

"전부 죽이려면 시간이 좀 걸리겠는데?"

'하아?!'

일순간 공포보다도 황당함과 기막힘이 머리를 때리는 광도였다.

다른 사람이 이런 얘기를 했다면 허세라고 치부했을 것이다.

하지만 천마가 단순히 중얼거리는 한 마디조차도 가볍게 들리지 않았다.

정말로 그렇게 할 작정으로 보였다.

"대, 대협!"

잠시 고민하던 천마가 광도에게 다시 질문을 던졌다.

"혹시 네놈들의 배가 수로를 거슬러 올라가는 것을 다른 수적들이 제재하기도 하나?"

"그, 그건 아닙니다."

장강수로십팔채는 수적들의 연합체였다.

그들은 각자의 깃발과 배를 전부 숙지하고 있었다.

그렇기에 다른 채에서 강을 거슬러 올라가거나 내려가는

것을 특별히 제지하진 않았다.

다만 다른 채의 영역에서 수적질을 하는 것만큼은 불문율로 금하고 있었다.

"잘됐군."

"네?"

"목적지는 상해다. 선택권을 주지."

천마의 말이 당최 무슨 말인지 이해가 되지 않는 광도였다.

그가 어리숙한 표정을 짓자 천마가 짜증이 나는지 한쪽 눈썹을 치켜 올리며 말했다.

"여기서 전부 죽든가 아니면 나를 상해까지 네놈들의 배로 태우고 가든가 둘 중 하나를 선택하라는 말이다."

"아!"

천마의 말에 그동안 공포에 질려 있던 광도의 얼굴에 희망이 피어났다.

혹시나 자신들을 전부 죽이지는 않을까 전전긍긍하던 그다.

선택권을 주었지만 선택할 수 있는 답은 단 하나였다.

"다, 당연히 대협을 모셔다 드려야죠! 암요!"

광도가 천마를 모시고 가는 것으로 선택함과 동시에 수적들을 위협하던 살기가 수그러들었다.

수적들은 그 순간 힘이 풀리는지 안도의 한숨을 내쉬었다.

그런 그들을 바라보며 천마가 안타깝다는 투로 중얼거렸다.

"아, 전부 죽이고 배만 가져가도 되는데."

'헉!'

그 말은 들은 수적들은 한동안 오한에 시달려야 했다.

약선은 뒤에서 숨을 죽이며 지켜보며 내심 불안해했는데 더 이상 피를 보지 않아도 되게 되자 다행스럽게 여겼다.

무공도 뛰어나지만 생각 외로 지략에도 능한 사람 같았다.

'그 짧은 순간에 이런 기지를 발휘하는 것이 가능한가? 어쩌면 무공보다도 저런 점이 저자의 무서움일지도 모르겠구나.'

공포심을 조성해 원하는 바를 얻어냈다.

단순하게 생각한다면 어려운 일이 아닐 수도 있지만 약선의 눈에는 그렇게 보이지 않았다.

그때 천마가 멀뚱히 있는 약선을 불렀다.

"어이, 늙은이. 배를 옮겨 탈 거니까 짐 챙겨라."

이에 약선이 고개를 끄덕이며 짐을 챙겼다.

졸지에 악명 높은 장강수로십팔채의 수적선을 타볼 기회가 생겼다.

일이 원만하게 해결되었다는 생각에 눈치를 보던 상단주가 광도에게 용호채의 깃발을 받으려 했지만 된통 욕을 먹고 말았다.

"네놈 탓에 내 수하를 세 명이나 잃었는데 깃발을 요구하다니 죽고 싶어 환장했구나."

"히익! 그, 그게 아니오라……."

마음 같아서는 상단주의 목을 베고 싶은 사일검 광도였다.

하지만 자신도 겨우 목숨을 부지한 마당에 소란을 피우면
저 무서운 자에게 정말로 죽을 것 같았다.

"흥!"

검집에서 손을 떼고 상단주의 귀에 대고 낮은 어조로 경고
만을 남겼다.

"목숨을 부지한 것만으로도 다행으로 여겨라. 앞으로 네놈
상단의 배가 이 장강을 건널 생각 따윈 꿈도 꾸지 마라."

"이, 이럴 수가… 어, 어르신!"

뜻밖의 경고에 상단주는 절망한 얼굴로 자리에 털썩 주저
앉았다.

장강을 통해서 교역을 하는 상단이 수로를 쓸 수 없다면 결
국 망하라는 말과 별반 차이가 없었다.

그런 상단주의 모습에 그나마 속이 풀리는 광도였다.

용호채의 수적들이 동료들의 시신을 수습해서 돌아가는 사
이 천마와 약선은 벌써 용호채의 수적선으로 환승해 있었다.

처음 타본 수적선이 신기한지 약선은 배를 이리저리 살펴보
고 있었다.

웬 늙은이가 겁이 없다고 싫어하던 수적들은 그가 약선임

을 알게 되자 도리어 자신들의 환부를 보이며 도움을 받았다.

상단의 배에서 찐 감자나 먹던 그는 수적들의 극진한 대접을 받으며 장강을 거슬러 올라갈 수 있게 되었다.

천마와 약선이 상해에 도착하기까지 걸린 시간은 딱 열흘이었다.

장사를 하는 선단 배와 다르게 수적들의 배는 쾌속선이기 때문에 가능한 일이었다.

육로로 오게 된다면 적어도 보름이 훨씬 넘는 시간이 필요한 거리였다.

설마 천마가 장강을 통해 수로로 올 거라고 생각지 못한 설유라가 이 사실을 알게 된다면 땅을 치고 후회할 것이다.

상해(上海).

중원 대륙 동부 해안의 중간을 관통하는 장강이 바다로 들어가는 입구에 있으며, 중국 대륙 끝자락 창장 하구에 붙어 있는 변두리 어촌이다.

평원으로 이뤄진 곳에 어촌을 이루고 있는 상해는 비교적 평화로운 지역이었다.

어촌답게 다양한 생선을 취급하고 있어서 수역이나 어류, 해산물 판매로 생계를 이어나가고 있었다.

그래서 그런지 상해에는 선박과 상인들이 운집하는 어촌이 많았다.

약선은 상해의 어촌 출신으로 그는 고향에서 마지막 제자를 발탁했다.

물론 재능이 없는 것은 아니었지만 옛 향수를 기억하기 위함이기도 했다.

"저곳이 상해의 어촌 마을입니다."

배가 정박하기 전에 사일검 광도가 선착장이 있는 넓은 어촌 마을을 가리켰다.

그것을 보며 천마가 중얼거렸다.

"생각보다 넓군."

중원 대륙의 가보지 않은 곳이 없다고 자부하는 그였지만 천 년 전의 이곳 상해는 정말 작은 어촌에 불과했다.

현재의 상해는 시(市)를 이루고 있는 마을은 없었지만 제법 가구 수가 많은 마을이 포진해 있었다.

그 덕분에 이곳에도 여러 중소 문파가 자리했다.

하지만 그것도 과거의 일이다.

지금 현재 상해 지역에는 제대로 운영되는 문파도 없었고 그 흔한 무관조차 찾기 힘들었다.

그것은 과거 상해에 있었던 상해혈사라 불리는 사건 때문이었다.

상해에 있는 모든 문파의 무인들이 하룻밤 사이에 전부 살

해당하는 일이 발생했다.

누구도 살아남지 못한 그 사건의 유일한 목격자가 남긴 말이 있었다.

"검귀, 검귀가 한 짓이야."

그것이 오황의 일인인 동검귀가 나타난 유래였다.

세 개의 문파가 하룻밤 사이에 혈겁을 당해 사라지고 나니 누구도 상해 지역에 문파를 차리거나 그곳으로 이전할 생각을 하지 못했다.

사실 몇 년 전 어떠한 대문파에서 분타를 내기 위해 사람들을 보냈으나 그들 역시도 의문사를 당하고 말았다.

그러다 보니 상해는 무림인을 찾아보기 힘든 지역이 되어버리고 말았다.

천마가 들고 있던 서류 종이를 구겨 넣었다.

'고작 이 정도의 정보인가.'

천마는 상해로 향하기 전에 그곳의 기본적인 정보를 현화단에 부탁했다.

그런데 현화단에서 보내온 정보에는 특별한 사항이 없었다.

상해에는 무인의 숫자가 현저히 적다는 것을 제외하곤 아무것도 없었다.

"흠, 오히려 잘된 일인지도."

어쩌면 그것이 더 좋을지도 몰랐다.

상해의 어촌 마을에 무인이 거의 없다면 오히려 약선의 제자를 노리는 적을 구분하기 쉬울 것이다.

용호채의 수적선이 닻을 내리고 선착장에 정박했다.

"그럼 살펴 가십시오, 대협!"

"살펴 가십시오!!"

광도의 인사와 함께 용호채의 수적들도 고개를 숙여 인사했다.

물론 속내는 '다시는 만나지 않았으면 좋겠다'였다.

선착장에 내린 천마는 곧장 약선에게 제자의 행방을 물었다.

"늙은이, 그 제자란 녀석은 어디에 있는 거지?"

"아, 그 아이는 이 마을이 아니라 남쪽 어촌 마을의 의료원에 있을 것이오."

"의료원?"

약선은 의원으로서 가장 중요한 것은 자질보다도 경험이라 생각했다.

얼마나 많은 환자에게 침을 놓고 얼마나 많은 약을 제조했는지가 축적되어서 명의의 반열로 들어선다고 여겼다.

그런 뜻에서 그는 제자에게 의료원을 짓게 하여 경험을 쌓게 만든 것이다.

천마는 약선의 안내를 받아 남쪽의 어촌 마을로 향했다.

가는 도중에 들뜬 약선의 얼굴을 보니 오랜만에 제자를 볼 생각에 즐거워 보이는 듯했다.

'꽤 아끼는가 보군.'

남쪽 어촌 마을로 들어서자 약선을 알아보는 이들이 많았다.

지나가는 곳곳의 어부들을 비롯한 마을 주민들이 약선에게 반갑게 인사를 건넸다.

인사를 받는 약선도 그것이 익숙해 보였다.

"아이고, 백오 어르신 아니십니까? 오랜만에 오셨네요."

"이게 얼마만이어유, 백오 어르신. 반갑네유."

약선은 자신의 길고 하얀 수염을 쓰다듬으며 인자한 미소와 함께 그들의 인사를 받아주었다.

"허허허, 오랜만일세. 만선은 했는가?"

이런 밝은 분위기만 보면 아직까지 마을에 우려할 만한 일은 없는 것 같았다.

그런데 약선의 온화한 미소를 깨뜨리는 소식이 들려왔다.

"아, 어르신, 수양따님은 이제 시집을 보내도 되겠소."

"맞네그려. 요새 그 훤칠해 보이는 총각이랑 잘되어가는 것 같은데."

"그런 천생연분이 따로 없소."

뜬금없는 소식에 약선의 얼굴이 딱딱하게 굳었다.

요 몇 달 동안 자리를 비운 새 무슨 일이 있었는지 당혹스러웠다.

'그냥 제자가 아니라 수양딸이었군.'

천마의 예상대로 약선이 거둔 제자는 그가 수양딸로 입양한 아이였다.

그렇기에 마을로 향하는 내내 무슨 일이라도 있을까 안절부절못하면서도 그 아이를 보고 싶은 마음에 들떠 있던 것이다.

"그, 그 아이가 남자를 만나고 있다니……."

약선은 저도 모르게 허탈한 듯이 중얼거렸다.

아끼는 수양딸이 남자를 만난다는 것이 생각보다 받아들이기 힘든 모양이다.

의선 동가의 가주 시절에도 딸이 없었기에 몰랐는데 참으로 기분이 이상했다.

다 자랐으니 이제 시집을 가야겠구나가 아니라 왠지 모르게 느껴지는 섭섭함이 약선의 마음을 사로잡았다.

"허어, 어찌……."

"계속 짜증 나게 중얼거리지 말고 그 의료원으로 안내나 하지."

"아, 흠흠, 알겠소."

천마의 보채는 말에 약선이 헛기침을 하며 의료원으로 발걸음을 재촉했다.

마을의 남서쪽으로 내려가니 약선이 말한 의료원이 보였다.

웅성웅성!

작은 의료원이었지만 생각보다 많은 환자들로 북적거렸다.

의료원의 목판 명패에는 보가원(保家院)이라 새겨져 있었다.

가족을 지킨다는 의미의 보가원은 약선이 평생 어떤 생각을 가슴속에 담고 살았는지 알게 해주었다.

약선이 보가원의 입구 쪽으로 다가가자 대기 중이던 환자들이 난리가 났다.

환자들의 대다수는 어촌 마을 사람들이었다.

당연히 약선의 얼굴을 모를 리가 없었다.

"백오 어르신!"

"어르신이 오셨네!"

아무리 수양딸이 제자로서 실력이 있다고 한들 약선만 할까.

중원 최고의 의원인 약선 본인이 직접 나타나니 환자들이 열렬히 환대하는 것은 당연했다.

"이게 무슨… 소란이죠?"

약선의 등장으로 어수선해진 의료원의 분위기에 환자를 진맥 중이던 그의 수양딸이 문을 열고 나오다 두 눈이 커졌다.

놀란 그녀가 버선발로 뛰쳐나왔다.

"아버님!"

"양아!"

오랜만에 만나는 의붓아버지에 대한 그리움이 짙던 그녀이다.

품에 안기는 수양딸을 끌어안는 약선의 눈도 촉촉해져 있었다.

약선의 품에 한참을 안겨 있던 그녀가 환자들을 한번 쳐다보더니 눈치를 보며 예의를 갖춰 인사를 올렸다.

"흠흠, 아버님, 그동안 무고하셨습니까?"

"허허허, 그래, 양이 너도 괜찮았느냐."

"안 그래도 아버님이 너~무 오래 자리를 비우셔서 너~무 보고 싶었습니다."

눈을 흘기며 애교스럽게 말하는 수양딸의 모습에 약선이 너털웃음을 지었다.

단아한 아름다움을 지닌 그녀의 이름은 백양.

약선의 하나뿐인 제자이자 눈에 넣어도 아프지 않을 수양딸이었다.

"백 매, 무슨 일이오?"

다정한 목소리와 함께 의원 내에서 그들 앞으로 나타난 한 남자의 존재로 약선의 평정심이 깨지고 말았다.

'이놈은?'

의원들이 입는 하얀 의복을 갖춰 입은 훤칠하고 젊은 사내였다.

그가 나오자 백양이 수줍게 얼굴을 붉히는 것이 아닌가.

약선은 그런 그녀의 모습에 심기가 불편해져 못마땅하다는 표정을 지었다.

"유 가가, 그때 말씀드렸죠? 제 아버님이세요."

"아! 혹시 약선 어르신?"

그런데 약선을 쳐다보는 유 가가라 불린 젊은 사내의 눈빛이 묘했다.

그것은 반가움보다도 뭔가 당혹감이 서려 있었다.

그때 가만히 지켜보고 있던 천마가 앞으로 나서며 의미심장한 목소리로 말했다.

"시간이 좀 지체될 줄 알았는데 그럴 일도 없게 되었군."

천마가 선도의 경지인 원영신을 개방하면 그의 앞으로 경계의 세상이 펼쳐진다.

의료원인 보가원에 도착하면서 천마는 눈의 원영신을 개방했다.

흑과 백으로 이뤄진 공간이 드리워지며 그의 앞에 붉은 불빛의 혼백이 아른거렸다.

'혈마기로군.'

선명하게 느껴지는 혈마기의 기운.

그것은 모용세가에서 모용월야가 잠식될 뻔한 그것과 흡사했다.

아른거리는 붉은빛이 보가원의 건물 내에서 나왔다.

그것은 하얀 의복을 입은 젊은 청년의 모습을 하고 있었다.

의미심장한 천마의 말에 약선의 두 눈이 커졌다.

그렇지 않아도 유 가가란 남자 때문에 굉장히 심란해 있던 차다.

혈교에서 보낸 감시자는 대체 누구란 말인가.

"놈을 찾은 것이오?"

"바로 눈앞에 있지 않나?"

천마의 눈은 보가원의 입구에 서 있는 유 가가란 청년을 바라보고 있었다.

자신의 수양딸이 반했다는 남자이다.

'저, 저놈이?'

예상외의 상황에 잠시 말문이 막힌 약선의 눈에 노기가 차올랐다.

설마 수양딸을 감시하는 것도 모자라서 감정마저 농락했단 말인가.

영문을 모르는 백양이 어리둥절해했다.

"아, 아버님?"

"저놈이, 저놈이 우리 양이를 노리는 자란 말이오?"

약선의 외침에 유 가가라 불린 청년의 표정이 일순간 바뀌었다.

그것은 마치 계획이 틀어졌다는 듯한 느낌을 주고 있었다.

'절곡에 있어야 할 저 늙은이가 어떻게 이곳으로 온 거지?'

조직의 손에 잡혀 빠져나올 수 있는 자는 존재하지 않았다.

더군다나 삼대금지구역인 절곡으로 누가 그를 구하러 갔단 말인가.

"눈을 이리저리 굴리는 게 딱 네놈이 맞구나."

천마의 입꼬리가 올라갔다.

이에 유 가가라 불린 청년이 당황했는지 말을 더듬으며 반문했다.

"그, 그게 무슨 소리입니까?"

"어설픈 수작 부리지 말고 와라!"

"어어엇?"

천마가 손을 끌어당기는 시늉을 하자 강렬한 진기에 의해 청년의 몸이 붕 떠오르더니 그의 앞으로 끌려왔다.

"아앗! 유 가가!"

갑작스러운 사태에 놀란 백양이 소리쳤다.

유 가가라 불린 청년의 눈빛이 당혹감으로 가득 찼다.

설마 약선이 이런 절세고수를 데리고 오리라고는 상상도 하지 못한 것이다.

순간 예상치 못한 일이 일어나고 말았다.

몸이 떠서 천마를 향해 끌려가던 유 가가라 불린 청년이 기습과도 같은 일장을 날린 것이다.

'역시군.'

붉은 혈마기가 실린 일장.

짧은 순간에도 그 일장에는 사이하면서도 강한 공력이 실려 있었다.

하지만 상대는 그 누구도 아닌 천마였다.

파아아아앙!

두 사람의 일장이 부딪치자 귀가 따가울 정도의 파공음이 울렸다.

그와 동시에 큰 돌풍이 일어나 주위 사람들의 고개가 돌아갔다.

결과는 명백했다.

"쿨럭!"

유 가가라 불리는 청년의 입에서 피 기침이 나왔다.

부딪친 일장에 내상을 입은 것이다.

죽지 않을 정도로 내력 조절을 했지만 천마의 심후한 공력을 감당할 수 있을 리가 만무했다.

"그래도 도망치지 않는 게 제법 호기 있군."

천마의 말에 유 가가라 불린 청년은 어이가 없다는 표정을 지었다.

사람을 끌어당길 정도의 심후한 공력에 고수일 거라 생각은 했지만 자신 역시도 조직의 백팔사자(百八死者) 중의 일인이다.

이렇게 일장만으로 확연하게 실력 차가 날 줄은 몰랐다.

"유 가가!"

"백 매?"

그때 청년에게로 약선의 딸인 백양이 달려와 그를 붙들었다.

그녀는 지금 벌어진 사태를 전혀 이해할 수 없었다.

약선과 동행해 온 자가 자신의 정인을 공격한 것부터 그저 평범한 떠돌이 의원이라 여긴 그가 무공을 할 줄 아는 것까지 모든 것이 혼란스러웠다.

"계집, 비켜라."

천마가 무미건조한 눈빛으로 그녀에게 말했다.

그러자 백양이 양팔로 막아서며 화가 난 목소리로 거부했다.

"싫어요! 대체 당신은 누군데 유 가가를 핍박하는 거죠?"

사랑에 빠지게 되면 옳고 그름을 판단하기 어려운 법.

그가 어떠한 사람인지보다 지금 당장의 위기가 더욱 크게 느껴졌다.

그러나 천마는 누군가를 설득할 만큼 친절한 인성을 지니지 못했다.

"흥."

천마는 공력을 일으켜 그녀를 옆으로 밀어내려 했다.

바로 그 순간, 유 가가라 불린 청년이 자신을 보호하기 위해 양팔을 벌린 백양의 목을 움켜쥐었다.

"악! 유, 유 가가?"

자신의 목을 움켜쥐는 손에 백양의 눈빛이 떨렸다.

의료원에 있던 환자들 역시도 이 사태에 어안이 벙벙했다.

남쪽 어촌 마을 사람들은 몇 달간 두 사람을 지켜본 장본인이다.

여느 정인들 못지않게 애틋한 모습을 보인 그들인데 청년이 백양의 목을 움켜잡으니 모두가 당혹감을 감추지 못했다.

"이 고얀 놈! 내 딸에게서 떨어지지 못할까!"

백양이 유 가가라 불린 청년에게 붙잡히자 약선이 노기에 차서 소리쳤다.

그는 그 모든 것을 떠나 혹여 딸이 다칠까 봐 안절부절못했다.

[백 매, 미안해.]

백양은 자신의 귓가로 울려 퍼지는 전음에 두 눈이 커졌다.

이 남자가 자신을 농락한 것인가 일순간 든 마음이 단 한 마디에 녹아내렸다.

이 상황을 벗어나기 위해 어쩔 수 없이 그러는 것이구나 하고 받아들인 것이다.

"당장 물러서시오!"

유 가가라 불린 청년이 큰 목소리로 외쳤다.

하지만 천마는 어떠한 흔들림도 없었다.

"물러서지 않는다면?"

콱!

"아악!"

청년의 손톱이 백양의 목을 파고들었다.

그녀의 가늘고 하얀 목에서 피가 흘러내리며 하얀 의복의 어깨가 붉게 물들었다.

"이렇게 될 것이오."

"웃기는 놈이로군. 그런다고 네놈을 내가 놓칠 성싶으냐."

협박 아닌 협박을 하는 그의 말에 천마의 눈빛이 싸늘해졌다.

실험체를 위해 살리려던 마음이 점차 사라지고 있었다.

"그대가 나에게 조금이라도 출수하는 기미가 보인다면 죽는 한이 있더라도 그녀를 죽일 것이오."

"이 천인공노할 놈!"

약선이 이를 갈며 유 가가라 불린 청년을 노려보았다.

피로 이어진 것은 아니었으나 자신의 유일한 애제자이자 수양딸이다.

저런 놈에게 잃을 순 없었다.

"재미있군. 그럼 뭐가 빠를지 시험해 볼까?"

천마의 눈이 날카로운 검처럼 가늘어졌다.

그의 검지로 공력이 집중되고 있었다.

"이, 이보시오, 은공."

약선이 다급하게 천마를 제지했다.

아무리 그래도 딸을 죽일 순 없으니 일단은 놓아줘야 했다.

"제, 제발 멈추시게!"

자신이 부탁하지 않으면 분명 천마는 저놈을 놓아주지 않을 것이다.

그러나 천마는 약선의 말을 들은 척도 하지 않았다.

솨아아아아!

강렬한 살기가 천마의 몸에서 뿜어져 나왔다.

그것은 일반적인 수준을 넘어서 좌중에게 강한 공포심을 일으킬 정도였다.

유 가가라 불린 남자의 안색이 창백해졌다.

'무슨 인간의 몸에서 나오는 살기가 이렇듯 짙단 말인가?'

조직에서도 수많은 고수들을 접해봤지만 이런 살기는 처음이다.

한번 찾아온 공포심은 아주 작고 미세한 틈을 만들어냈다.

오른손의 쥐고 있던 힘이 살짝 풀리는 순간 그의 팔로 선이 그어졌다.

"엇?"

촤악!

"꺄아아악!"

백양의 얼굴에 피가 튀었다.

목을 움켜쥐고 있던 청년의 손이 잘려 나간 것이다.

'이런 말도 안 되는 쾌검을?'

천마가 펼치는 검기가 너무 빨라서 육안으로 판별하지 못했다.

그때 천마도 예상치 못한 일이 벌어졌다.

보통의 사람이라면 손목이 통째로 베이면 그 고통으로 인해 경직되거나 다른 행동을 취하지 못한다.

하지만 유 가가라는 청년은 달랐다.

"겨, 경고했지!"

고통을 느끼지 않는 사람처럼 청년은 일순간 왼쪽 손으로 백양의 등 뒤에 일장을 날렸다.

퍽!

"악!"

내공이 실린 일장에 그녀가 피를 토하며 앞으로 날려갔다.

무림인이 아닌 일반 사람이 내공이 실린 장에 맞게 되면 치명상이 될 수 있다.

"칫!"

천마가 빠른 보법으로 날려가는 백양을 받았다.

그리고 서둘러 심맥을 보호하기 위해 그녀의 몸에 진기를 불어넣었다.

혈마기가 몸을 침투한다면 내장 부위의 혈관이 전부 터져 나갈 수도 있었다.

진기를 불어넣은 천마는 진기로 심맥과 장기 부위를 보호하는 한편, 침투한 혈마기를 찾으려 했다.

그러나.

"웅? 설마……."

예상외로 그녀의 몸에 혈마기가 침투하지 않았다.

일장에 실린 공력도 약했는지 내상도 경미했다.

'이놈, 일부러 그런 것인가?'

"양아!"

약선이 세상이 떠나가라 소리치며 한달음에 달려왔다.

천마가 진기를 넣던 손을 떼자 약선이 급히 진맥했다.

"아니, 이게 어찌 된 일인가?"

다행스럽게도 진맥 결과는 천마의 생각과 동일했다.

진기로 빠르게 심맥을 보호한 때문이기도 하지만 처음부터 내상이 경미해서 자연 치유가 가능할 정도였다.

'내 딸을 해할 생각이 없던 건가?'

어째서인지 의문이 들었다.

일장을 맞은 고통에 혼절한 백양의 눈가에는 눈물이 흘러 내리고 있었다.

"빌어먹을 놈!"

천마가 노기 어린 눈빛으로 주위를 둘러보았다.

웅성거리며 놀라 하는 어촌의 환자들만이 주변을 서성거리고 있었다.

그가 백양에게 진기를 넣어 심맥을 보호하는 사이에 유 가가라 불린 청년은 이미 도망치고 없었다.

탁!

경공을 펼쳐 허공 높이 치솟아 주변을 살펴보았지만 보이지 않았다.

아무래도 내공을 은폐하고 숨은 것 같았다.

다시 땅으로 내려온 천마는 바닥을 살폈다.

팔이 잘리면서 떨어진 핏방울이 땅바닥 여기저기에 흩뿌려져 있다.

"멍청한 놈, 이건 지우지 못했군."

급하게 도망치느라 흘린 피는 생각지 못한 듯했다.

약선의 정신이 수양딸에게 집중해 있는 사이 천마는 그 흔적을 추적했다.

한편.

쏴아아아!

파도가 부딪치는 소리.

상해의 남쪽 마을에서 얼마 떨어지지 않은 바닷가 절벽.

평소의 냉정한 성격대로라면 상처를 지혈하면서 왔겠지만 그럴 틈이 없었다.

"제기랄!"

그는 거친 말투와 함께 옷을 찢어 잘린 손목을 묶었다.

상대는 괴물과도 같았고 죽을힘을 다해 도망치는 것이 한계였다.

"헉헉!"

처음에는 중원으로 향할까 했지만 일단은 근거지로 잡았다.

어차피 부상을 입은 상태에서 도망치는 것은 무리일지도 몰랐다.

그렇다면 적어도 근거지의 전서구로 약선이 절곡에서 도망쳤음을 알려야 했다.

죽는 것보다도 그것이 우선이었다.

"조금만 더 가면……."

탁, 탁.

아주 작은 소리에 불과했다.

절벽을 때리는 파도 소리에 묻힐 만도 했는데 그의 귓가에 뚜렷하게 들렸다.

뭔가가 바닥을 스치는 듯한 작은 소리가 이내 가까워졌다.

탁!

그리고 그의 앞으로 흑색 장포를 걸친 천마가 가볍게 착지했다.

천마가 살기 어린 미소를 지으며 말했다.

"죽을 장소를 잘 택했군. 참 운치 있는 곳이야."

유 가가라 불린 청년의 얼굴이 절망으로 물들려던 찰나이다.

절벽의 반대편을 바라보는 그의 눈동자에 수많은 점들이 생겨났다.

청년의 얼굴이 절망에서 희망으로 반전되었다.

그가 비릿한 미소를 지으며 말했다.

"킥, 죽는 건 내가 아니라 그대요."

절망스러워하던 청년의 갑작스러운 태도 변화.

그것은 이유가 있는 행동이었다.

천마도 절벽에서 다가오는 기척을 단번에 알아챘다.

한둘도 아니고 수십 명에 가까운 검은 복면을 쓴 자들이
나타났는데 보이지 않을 리가 없었다.

"흠, 유인한 것인가?"

천마가 턱을 쓰다듬으며 중얼거렸다.

하지만 이것은 유 가가라 불린 청년이 의도한 상황이 아니
었다.

'어떻게 된 것인지는 모르겠지만 천운이로구나.'

만약 이들이 제때 도착하지 않았다면 이 자리가 무덤이 되
었을 것이다.

파란 혁대의 복면인이 수십 명이고 붉은 혁대를 맨 복면인
이 다섯이었다.

'헉? 전부 대주에서 부대주급?'

생각 외의 전력에 유 가가라 불린 청년 역시도 내심 놀랐
다.

빠른 경공으로 도착한 복면인들이 어느새 천마의 주위를
둘러쌌다.

붉은 혁대의 복면인 중 한 명이 전음을 보내며 청년에게 알
은척을 했다.

[오랜만이군, 유백. 이곳에 파견 나가 있었나?]

[이 목소리는 가원?]

유 가가라 불린 청년의 이름은 유백이었다.

수많은 복면인들의 대주로 오게 된 가원은 그가 익히 알고 있는 자였다.

그렇다면 더욱 잘됐다.

어서 빨리 약선이 절곡을 탈출했음을 알려야 했다.

[이보게, 가원. 일단 이것부터 전해야 할 것 같네. 약선이 절곡에서…….]

[알고 있네. 보아하니 벌써 이곳에 도착한 듯하군.]

원래의 계획은 약선보다 먼저 도착해 그의 수양딸을 확보하는 것이었다.

그래서 상해의 근거지로 정황을 파악하기 위해 온 것이었는데 공교롭게도 천마와 마주치게 된 것이다.

[응? 알고 있던 것인가?]

유백의 전음에 가원이 고개를 끄덕였다.

가원이 검집에서 검을 뽑자 다른 복면인들도 전부 가지고 있는 무구를 꺼내 들었다.

모든 복면인이 전부 공력을 최대치로 끌어 올리며 전투 자세를 취했다.

한껏 올라간 전의에 주변의 공기가 팽배하게 느껴질 정도였다.

'아니, 그런데 어째서 이들이?'

이 정도의 전력이라면 하룻밤 사이에 중소 문파 두세 곳은 그냥 무너뜨릴 정도이다.

한 명 한 명이 절정에서 초절정의 고수들이고, 붉은 혁대를
맨 이들은 전부 초절정의 극에 이르거나 화경 초입의 고수들
이었다.

[부상을 입었군.]

[부끄럽지만… 저자는 괴물일세. 오황 이외에 현 중원무림
에 저런 괴물이 존재할 줄은 몰랐네.]

[부끄러울 필요 없네. 충분히 그럴 만한 자니까.]

[그럴 만한 자?]

궁금해하는 그의 전음에 더 이상 답하지 않고 가원이 천마
를 향해 몸을 돌렸다.

가원의 검에 붉은 검강이 치솟았다.

이들은 대문파전과 무림의 절세고수들을 상대하기 위한 흑
마대였다.

가원은 이 흑마대의 대주였다.

복면으로 가려져 얼굴은 볼 수 없었지만 그 안에는 긴장된
기색이 역력했다.

'처음부터 전력을 다해야 한다.'

공력을 극성으로 끌어 올린 가원의 붉은 안광이 선명하게
짙어졌다.

붉은 동공에서 나오는 안광은 죽은 자가 되살아났다는 증

표였다.

그것을 확인한 천마의 얼굴에 미소가 드리워졌다.

'예상대로 되었군. 크큭.'

미끼를 제대로 문 셈이다.

반신반의했는데 이렇게 딱 필요로 하는 존재를 보내주었으니 감사할 따름이다.

천마가 공력을 끌어 올리자 놀라운 기세가 발산했다.

마치 폭발 직전의 화산을 보는 것만 같은 기세에 복면인들이 순간 움찔했다.

"뭐 이렇게 둘러싸고 할 얘기라도 있나? 덤벼."

수많은 고수들에 둘러싸인 위태로운 상황 속에서도 여유롭게 도발하는 천마의 태도에 부대주들의 분위기가 심상치 않았다.

억제된 투기가 분출된 모양이다.

'흑마대, 오랜만의 실전에 전의가 올랐구나. 하나 상대는……'

천 년 전의 절대자이던 천마이다.

자신과 같은 부활자들은 그의 진면목을 알고 있었다.

하지만 지금의 흑마대는 현 무림에서 키운 이들이기에 천마의 진정한 무서움을 알지 못했다.

'저 눈빛, 역시 그자가 틀림없구나.'

당시와는 전혀 다른 모습.

젊은 껍데기에 감춰져 있지만 그 안에서는 심연과도 같은 어둠이 느껴졌다.

"그 광오한 태도는 여전하구려."

가원의 말에 천마의 눈빛이 이채를 띠었다.

아무래도 자신을 알고 있는 자인 듯했다.

'역시… 내 정보가 벌써 놈들에게 들어갔나 보군.'

절곡에서 혈교의 삼혈로 중 일인이 정체를 알게 되었으니 당연한 일이었다.

천마가 검집에 손을 가져다 댔다.

어차피 자신의 존재를 알고 있다면 분명 어설픈 자들을 보냈을 리 없었다.

'뭐지? 조직에서 주시하는 자인가?'

천마의 정체에 대해서 아무것도 모르는 유백만 답답할 따름이다.

현재로서는 그저 이 부대의 합격에 방해가 되지 않도록 최대한 멀리 떨어지는 것이 답이었다.

그러나 천마의 신형이 어느새 유백의 코앞까지 좁혀져 있었다.

"헉?"

"내게서 두 번이나 도망치는 것이 가능할 것 같으냐?"

퍽!

"크헉!"

미처 방어하기도 전에 천마의 번개 같은 일권이 유백의 가슴을 강타했다.

단순해 보이는 일권이었지만 그 위력은 상상 이상이었다.

기습과도 같은 일권에 유백이 피를 토하며 저 멀리 날려갔다.

"컥컥, 컥, 끄으으."

가슴뼈가 부러졌는지 숨 쉬는 것조차 힘들었다.

결국 고통을 이기지 못한 유백은 그 자리에서 기절하고 말았다.

그때 천마의 머리 위로 패도적인 검강이 쇄도했다.

"호오?"

깡!

찰나의 순간에 천마의 오른손이 하얀빛의 강기를 발하며 자신에게 쇄도한 검강을 쳐냈다.

패도적인 기세이던 붉은 검강이 빗겨 나가며 절벽의 바닥을 뚫고 나갔다.

십성 공력이 실린 검강이었는데 너무도 쉽게 막힌 것이다.

'이걸 막다니, 역시나 괴물이군. 육신이 본인의 것이 아니라 혹시나 했는데……'

그를 공격한 자는 다름 아닌 가원이었다.

자신들이 둘러싸고 있음에도 불구하고 동료가 공격당한 것에 대해 그는 강한 책임을 느끼고 있었다.

'이 상황이 전혀 부담스럽지 않은 건가?'

아무리 강하다고 해도 수십 명의 고수에게 둘러싸여 있는데 다른 곳에 신경을 쓴다.

그것은 자신감을 넘어서 광오함이다.

"천마, 천 년 전에는 어땠을지 몰라도 오늘은 이 상해가 네놈의 무덤이 될 것이다."

가원의 호언에 천마가 고개를 절레절레 흔들었다.

"개소리 집어치우고 덤벼."

으득!

"큭! 여전히 입이 더럽구나."

거친 천마의 말투에 가원은 짜증이 치밀어 오르는지 입술을 깨물었다.

일대 대종사라는 작자의 말투가 시정잡배만도 못했다.

그런데도 그 실력만큼은 천하에서 견줄 자가 없는 이가 바로 천마였다.

"덤비라고 했지?"

"헉!"

천마의 검지가 어느새 가원의 미간에 닿으려 했다.

놀란 가원이 몸을 뒤로 젖히며 천마의 검지에서 뻗어 나오는 검기를 피했다.

대주의 위기를 감지한 흑마대가 일제히 움직이기 시작했다.

"이제 움직이는군."

"합!"

천마를 향해 촘촘한 검망이 팔방위로 펼쳐졌다.

그것은 혼자서 펼치는 검망이 아닌 두 명의 붉은 혁대의 복면인이 펼치는 합격이었다.

이 두 명의 복면인은 검술에 능한 화경의 고수였다.

합격에 능한 두 화경의 고수가 펼치는 검술은 아무리 천마라도 쉽게 피하기 힘들었다.

'검강으로 이루어진 검망이라……. 큭.'

챙!

드디어 천마의 검집에서 현천검이 출초했다.

현천검이 검신을 드러내자 강렬한 마기가 뿜어져 나오며 검을 휘감았다.

'저 검은?'

무인인 이상 절세보검에 눈이 갈 수밖에 없다.

현천검의 등장에 잠시 이채를 띤 그들이지만 더욱 초식을 정묘하게 펼치며 천마를 압박했다.

채채채챙!

검과 검이 부딪치는 소리가 귀를 찢을 듯이 사방에 울려 퍼졌다.

화경의 고수 두 명이 펼치는 검강으로 이루어진 정묘한 초식이어서 그런지 천마조차도 쉽게 파훼하지 못했다.

'크크크크큭, 그럼 그렇지.'

이에 가원이 회심의 미소를 지었다.

과거의 천마는 어떠한 고수들이 합공해도 단 몇 초식 만에 상대를 제압하거나 죽일 정도로 괴물과도 같은 남자였다.

그런데 여기서 부활한 자들 모두가 겪는 문제점이 있었다.

새로운 육신과 과거의 육신이 근육, 뼈, 혈맥까지 모든 것이 다르기에 예전의 경지를 회복하는 것이 녹록지 않다는 점이다.

그렇기에 그들은 인위적으로 중원무림 고수들의 몸이나 혹은 대법을 활용했다.

하지만 지금 천마를 보면 고작 약관에 불과한 애송이의 몸을 가지고 있었다.

'역시 예전만큼은 아니… 엇?'

그때 천마의 손이 번쩍이며 촘촘해서 틈이 없을 것만 같은 검망을 파고들었다.

완벽한 합공이라 여긴 복면인들의 눈에 당혹감이 퍼졌다.

좌악!

현천검에서 뻗어 나온 검강이 두 사람의 요혈을 찔러들어왔다.

당황한 두 사람은 동시에 합공으로 펼치던 검망을 풀고 신형을 뒤로 물렸다.

하지만 천마의 검초는 멈추지 않았다.

"막앗!"

가원이 다급한 목소리로 경고했다.

이에 붉은 혁대의 복면인 중 한 명이 급하게 절초를 펼쳤지만 아무 소용이 없었다.

천마의 절묘한 검초는 그것을 가볍게 파훼했다.

촤악!

그리고 단숨에 붉은 복면인 중 한 명의 목을 베어버렸다.

불과 몇 초식 만에 화경의 고수 한 명이 목숨을 잃고 만 것이다.

검의 고수들의 대결에 있어서 찰나의 방심은 즉각 목숨의 위협으로 이어진다.

챙!

나머지 한 사람의 목도 베어내려는 것을 가원이 검을 날려 막아냈다.

목이 베일 뻔한 복면인의 복면이 축축하게 젖어 있다.

찌릿찌릿!

'무슨 힘이······.'

어떻게 막긴 막았는데 검을 쥐고 있는 가원의 손이 심하게 떨렸다.

공력도 심후했지만 검을 휘두른 힘도 괴력에 가까웠다.

"가는 검을 막았으니 대가를 치러야지?"

"뭣? 어어엇?"

천마가 검에 더욱 힘을 가하자 가원의 몸이 밀려나며 뒤로 튕겨져 나갔다.

사실 그가 부활자가 아니었다면 천마는 그 자리에서 목숨을 거둬갔을 것이다.

천마가 가원을 밀쳐내는 틈을 타서 목이 베일 뻔한 붉은 혁대의 복면인이 거리를 벌렸다.

다시 그들과의 대치 거리가 일정 이상 벌어지자 천마가 이죽거리며 말했다.

"쭉정이만 모은 거냐? 안 덤비고 뭐 해?"

천마의 도발에도 불구하고 가원을 비롯한 복면인들은 쉽게 움직일 생각을 하지 못했다.

방금 전에 화경의 고수 두 사람의 합공을 파훼하고 한 사람의 목을 베어낸 것을 보고 나니 타올랐던 전의가 어느새 긴장감으로 바뀌어 있었다.

'한두 사람씩 공격해서 될 게 아니군.'

탐색전으로 충분히 천마의 괴물 같은 무공 실력은 인지했다.

그를 정말로 없애려면 이곳에 있는 전원이 동시에 공격을 가해야 했다.

"흑마대!"

흑마대주 가원의 부름에 흑마대의 복면인들이 들고 있던 무구를 바닥에 찍으며 답했다.

"충!"

"지금부터 흑마광풍진을 펼친다!"

"충!"

흑마대의 복면인들이 큰 목소리로 외치며 일사불란하게 움직여 진을 형성하기 시작했다.

"이건 또 뭐 하는 짓이냐?"

그들 수십 명이 일정한 간격으로 진을 만들어내자 놀랍게도 지금까지와는 전혀 다른 강렬한 기운이 발산되었다.

'기가 몇 배 이상 팽배해졌군.'

심상치 않음을 느낀 천마는 진이 완성되기 전에 파하기 위해 현천검에 공력을 실어 검강을 휘둘렀다.

놀랍게도 진을 펼치고 있던 파란 혁대의 복면인 세 사람이 손을 뻗자 강기가 뻗어 나와 천마의 검강을 상쇄시켰다.

'세 사람이 강기를 형성해?'

제법 놀랐는지 천마의 눈썹이 치켜 올라갔다.

그런 천마를 향해 가원이 득의양양한 목소리로 외쳤다.

"아까도 말했지! 이곳이 네놈의 무덤이 될 거라고!"

진법이 어떻게 형성되는가에 따라 무궁무진한 힘을 발휘한다는 것은 익히 알고 있는 부분이다.

소림사의 무패를 자랑하는 백팔나한진을 비롯해 전진파의 천강북두진이 그 대표적인 예이다.

흑마광풍진의 형태는 경험이 풍부한 천마도 처음 겪는 진법이었다.

이 진법은 천 년 전의 뼈아픈 패배를 만회하기 위해 조직에서 절치부심해 만든 것이었다.

'공력이 이 정도로 증폭되다니……'

진법으로 인해 이렇게까지 기운이 팽배해질 거라고는 예상하지 못했다.

절정의 고수 세 명이 화경의 고수에 버금가는 강기를 내뿜을 정도였다.

'흐흐흐, 이제야 당황해하는군.'

이곳 상해에서 천마를 본 이후 처음으로 표정 변화를 확인했다.

가원은 내심 기분이 들떴다.

흑마광풍진을 만들 때 목표점은 현 무림의 정점인 오황이 아닌 천 년 전의 정점인 천마와 검선을 제압하는 데 있었다.

진법을 당사자들에게 시험해 볼 일은 없을 거라 여겼는데 이렇게 눈앞에 천마가 있다.

가원이 득의양양한 목소리로 외쳤다.

"아까도 말했지만 이곳이 네놈의 무덤이 될 것이다!"

여기서 천마를 없애게 된다면 대업에 있어서 큰 장애를 꺾게 된다.

천 년 전의 '그분'조차 어찌하지 못한 괴물을 없애는 것이니 말이다.

그런데 당황해하리라 여긴 천마의 반응이 달라졌다.

"뭐, 재미있기는 하네."

"뭣?"

흥미롭다는 표정을 짓고 있었다.

분명 처음 보는 진법의 위력에 놀라기는 했지만 그렇다고 위기라고 생각하진 않는 그였다.

인간의 손으로 만든 이상 완벽한 것은 없었다.

"그 여유로움이 언제까지 가나 보자! 흑마광풍진 개(開)!"

"충!"

가원의 명령이 떨어지자 진법을 펼치고 있던 복면인들이 천마의 주위를 회전하기 시작했다.

일정한 간격을 유지하면서 회전하던 삼 인의 복면인들이 한 몸처럼 천마를 향해 초식을 펼쳤다.

강기가 실린 초식이 광풍처럼 몰아쳐 왔다.

천마는 검을 들지 않은 왼손으로 현천유장의 방어 초식을 펼쳤다.

부드러운 현천유장의 장강이 광풍과도 같은 초식을 막아내자 오른손의 현천검으로 검강을 일으켜 그들을 찔러들어 갔다.

"응?"

그러자 반대쪽에서 삼 인이 한 조로 공격해 들어왔다.

천마는 급히 변초를 써서 공격해 온 삼 인을 검초로 견제했다.

촤촤촤촤!

쾌속한 검초에 삼 인이 한 몸처럼 검으로 검망을 만들어내 방어했다.

불과 반 각 전에 겨룬 붉은 혁대의 복면인들이 천마에게 펼친 것과 동일한 검망이었다.

'같은 초식이군.'

아무리 공력이 증폭된 상태라고는 하나 절정의 고수에 불과한 그들의 초식은 세밀하지 못했다.

사사사삭!

어느새 천마의 검이 그들의 검망을 파고들어 내부에서 깨뜨려 버렸다.

이번에는 틈을 주지 않고 그들을 찌르려고 했지만 다른 삼인 일 조가 우측 편에서 퇴법을 펼치며 공격해 들어왔다.

파파파팍!

'이런?'

천마는 현천유장으로 퇴법을 방어했지만 강한 공력의 파동에 밀려났다.

그 틈을 놓치지 않고 세 방향에서 복면인들이 동시에 천마를 급습해 왔다.

"칫!"

천마의 손이 빠르게 움직이며 견고한 검초를 만들어내 그들을 막았다.

흑마광풍진의 진정한 무서움은 숨 돌릴 틈도 없을 만큼 폭풍처럼 적을 몰아치는 데 있었다.

조금이라도 방심한다면 직격당하고 만다.

흑마광풍진과 천마의 대결은 일반 사람이나 보통의 고수들이 본다면 눈이 어지러울 만큼 긴 호흡으로 진행되고 있었다.

초식과 초식이 끊임없이 부딪치면서 놀라운 향연이 일어났다.

"정말 대단하군요."

가원의 옆에 서 있는 붉은 혁대의 복면인이 감탄했다.

흑마광풍진은 파란 혁대의 복면인만으로 구성되어서 발동된다.

여기서 혹시나 부상자 혹은 누락자가 발생될 경우 붉은 혁대의 복면인들, 즉 부대주 이상급이 투입된다.

폭풍처럼 몰아붙이는 진법 내에서 천마는 끄떡하지 않고 호각을 이루고 있었다.

문제는 체력적인 부분이었다.

"하나 아무리 대단하고 한들 혼자입니다. 곧 승부가 나겠지요."

흑마광풍진은 칠십이 명의 복면인이 삼 인 일 조로 이십사개 방위를 점해 변화무쌍하고 무궁무진한 초식으로 상대를 몰아붙이는 초식이었다.

무림에서 가장 완벽한 진이라 불리는 백팔나한진과 천강북두진을 파헤쳐 그 정수만을 모아서 만든 공격진이었다.

'그래, 아무리 강하다고 해도 천 년 전의 일이다. 지금 우리의 전력과 실력은 그때와 비교도 할 수 없을 만큼 강하다!'

가원은 흑마광풍진의 승리를 장담했다.

조직의 기둥이라 할 수 있는 삼혈로의 삼석조차 완성된 흑마광풍진을 끝내 파훼하지 못했다.

아무리 천마라고 해도 다를 리가 없었다.

'그래도 한때 조직을 멸망까지 시킨 남자의 최후로 어울리

지 않는 장소이긴 하군.'

세차게 몰아치는 파도가 상해의 절벽을 때리고 있었다.

파파파파팡!

대결은 어느새 백여 초식을 넘어섰다.

그런데 어느 순간부터 조금씩 균형의 틀이 어긋나기 시작했
다.

당연히 흑마광풍진의 폭풍과도 같은 공세에 무너질 거라
여긴 천마가 조금씩 그들을 압도해 가고 있었다.

"엇?"

득의양양하던 가원의 얼굴이 굳었다.

푹!

변화무쌍하게 움직이던 천마의 검이 복면인 중 한 명의 몸
에 꽂힌 것이다.

아슬아슬하게 균형을 이루고 있었지만 눈이 어지러울 정도
로 변화무쌍한 천마의 초식에 어지러움을 느낀 한 복면인이
틈을 보인 것이다.

다행히 큰 부상은 아니어서 교대할 필요는 없었지만 이 조
가 취약해졌다.

가원이 재빨리 외쳤다.

"칠조 지(地) 교대!"

"충!"

그의 명령에 옆에서 대기 중이던 붉은 혁대의 복면인 중 한 명이 진 내부로 들어가 부상당한 복면인을 바깥으로 내보내고 대신 진에 합류했다.

화경에 이르는 고수가 진에 합류했지만 그 위력이 배가 되는 것은 아니었다.

각 고수들이 연계하는 진법의 특성상 공력이 균등하게 유지되어야 하기 때문이다.

단지 이점이 있다면 그의 조가 좀 더 견고해진다는 것이다.

"뭐, 이제 대충 알 것 같군."

의미심장한 천마의 한마디에 흑마광풍진을 펼치는 흑마대의 눈빛이 흔들렸다.

단순한 호언이 아니라고 여겨졌기 때문이다.

"일단 여기부터 시작해 볼까?"

"헉?"

천마의 보법이 빨라지더니 그의 신형이 순식간에 일 개 조로 파고들었다.

기존의 움직임도 쾌속했는데 그보다 훨씬 빠르게 검초를 펼치자 일 개 조는 막을 수 없었다.

"안 돼!"

경악한 가원이 소리를 질렀다.

다른 조에서 공격을 막기 위해 절초를 날렸지만 소용없었다.

좌악!

현천검이 선을 만들며 복면인 세 명의 목이 순식간에 날려갔다.

천마는 그들의 목을 베어내자마자 자신을 향해 초식을 날리는 다른 조의 공격을 막아내고 그것마저 파훼했다.

찰나의 순간에 두 개 조의 복면인들이 목숨을 잃고 말았다.

"어, 어떻게 이런 일이……."

두 조가 당하고 나니 복면인들은 당혹감을 감추지 못했다.

이십사 개 방위 중에서 두 방위가 빈 셈이다.

모든 진법에는 치명적인 단점이 존재한다.

그것은 단 한 명이라도 진법을 구성하는 인원이 비게 되면 균형이 무너져 버리게 되는 것이다.

폭증하다시피 하던 진 안의 기운이 급감하기 시작했다.

"빌어먹을! 동시에 공격해!"

"추, 충!"

네 개 조에서 다급히 천마의 좌우 전후로 동시에 협공을 펼쳤으나, 공력이 급감하면서 초식의 위력도 반감되고 말았다.

"멍청하긴."

천마가 비웃음을 날리며 정면으로 쇄도해 오는 복면인들을 향해 천마검법의 절초를 펼쳤다.

검강이 실린 패도적인 천마검법의 초식에 세 복면인의 육신이 순식간에 조각조각 갈라지고 말았다.

촤촤촤촤악!

복면인들은 비명도 지르지 못한 채 고기 조각이 되고 말았다.

네 방위에서 날아오는 초식을 전부 막을 필요도 없었다.

한 곳이 파훼되면서 활로가 열려 버렸다.

"크큭, 입구가 열렸네."

천마가 전방을 향해 신형을 뻗어 나가자 어느새 그는 흑마광풍진의 바깥으로 나올 수 있었다.

남은 복면인들이 망연자실한 눈빛으로 천마를 바라보았다.

불과 반 시진 만에 조직에서 절치부심해 준비한 흑마광풍진이 파훼되고 말았다.

칠십이 명이 펼쳐야 하는 진법에 아홉 명이 비었으니 더 이상의 발동은 무리였다.

"후우, 제법 흥미로웠다. 오랜만에 제대로 움직인 것 같군."

우드드득!

천마는 뻐근하다는 듯 목을 이리저리 돌리며 몸을 풀었다.

현세에 부활하면서 이렇게까지 정신없이 싸워본 것이 실로 오랜만이었다.

그에게서 백 초식 이상이나 끌어낼 정도면 정말 대단한 진법임은 틀림없었다.

"이, 이 빌어먹을 괴물 자식."

흑마광풍진을 과신하고 있던 가원은 분함을 이겨내지 못했다.

조직에 있어서 천 년의 원수인 천마를 없앨 수 있는 절호의 기회라고 여겼다.

그런데 그것이 너무도 쉽게 무산되고 말았다.

"몸도 대충 풀렸고… 아직 이렇게 많이 남았는데 벌써 포기하는 건 아니겠지?"

천마의 몸에서는 여전히 강렬한 투기가 발산되고 있었다.

끝이 없는 전의에 혀를 내두를 정도였다.

'그렇게 싸우고도 어찌 저런 전의를 보일 수 있단 말인가.'

놀라는 한편으로 가원은 망설여졌다.

여기서 저 괴물과 싸우게 된다면 이길 수 있을지 미지수다.

흑마광풍진마저 파훼된 마당에 천마를 어찌할 수 있는 방법이 없었다.

"왜 안 덤비나? 내가 먼저 갈까?"

천마가 발걸음을 떼자 복면인들은 저도 모르게 움찔하며 뒤로 물러섰다.

그들은 이미 전의를 상실한 지 오래였다.

결국 흑마대주 가원이 선택한 것은 끝까지 항전하는 것이 아닌 후퇴였다.

"으득! 흑마대 철수한다!"

분했는지 깨문 그의 입술에서 피가 흘러내렸다.

"추, 충!"

부끄러운 일이었지만 전의를 상실한 흑마대는 그런 대주의 결정에 반색했다.

크게 내색하진 않았지만 목소리에는 안도감이 가득했다.

가원이 파도가 치는 절벽 앞에 서 있는 천마를 향해 손가락으로 가리키며 외쳤다.

"이것으로 끝이라고 생각하지 마라! 조직은 네놈을 계속 주시하고 있다!"

그 말을 끝으로 가원을 선두로 하여 이곳을 벗어나려 했다.

하지만 흑마대가 미처 움직이기도 전에 천마의 신형이 어느새 그들의 앞을 가로막고 있었다.

단 한 사람이 가로막았는데 마치 거대한 장벽이 놓인 느낌이다.

"무슨 개소리를 지껄이는 거냐?"

"뭣?"

"누가 네놈들이 살아서 이곳을 빠져나갈 수 있다고 했지?"

천마의 살기 어린 목소리에 흑마대 복면인들의 눈이 심하게 떨려왔다.

후퇴를 택한 가원이 간과한 사실이 있었다.

천 년 전 혈교가 멸했을 때도 그렇고, 천마란 남자는 절대로 후환을 남기는 인물이 아니라는 것을 말이다.

"빌어먹을 괴물 놈! 네놈을 증오한다! 천마!"

가원이 분노에 차서 핏줄이 선 눈으로 그를 노려보며 말했다.

이에 천마가 짜증스럽다는 표정을 지으며 화답했다.

"네놈의 건방진 혀는 필요 없겠지?"

"뭐라고?"

가원의 두 눈이 커졌다.

콱!

천마가 손을 내밀어 가원의 목을 움켜쥐고 공력을 불어넣었다. 가원이 안간힘을 썼지만 그의 혀가 입 밖으로 튀어나왔다.

촤악!

"끄으으읍읍읍!"

혀가 잘려 나간 가원은 고통스러웠지만 제대로 비명을 지르지 못했다.

천마가 그런 그의 뒷목을 쳐서 기절시켰다.

자신들의 대주의 혀가 잘려 나간 모습을 보면서 흑마대의
복면인들은 분노가 아닌 공포심으로 물들었다.

"그럼 끝을 내볼까."

그런 그들을 향해 천마가 살기 어린 미소와 함께 다가왔다.

43장

동검귀上

어두운 공간.

석벽 전체가 촛불로 가득한 공간의 석좌에 얼굴만 그늘진한 남자가 앉아 있다.

눈을 감고 있는 남자는 조용히 명상에 잠겨 있었다.

그때 그의 십 보 바깥의 바닥 그림자 안에서 검은 복면인이나타났다.

검은 복면인이 바닥에 엎드려 머리를 조아렸다.

"무슨 일이지?"

눈을 감은 남자의 무게감 넘치는 물음.

검은 복면인이 화답했다.

"삼혈로의 일석께서 방문하셨습니다."

"일석이?"

각자의 위치를 지켜야 하는 삼혈로 중 일인이 방문했다.

그것이 의미하는 바는 하나였다.

직접 알현해야 할 만큼 중대한 사항이라는 의미이다.

눈을 감은 남자가 고개를 끄덕이자 복면인이 충이라는 말과 함께 바닥으로 스며들었다.

이윽고 촛불로 가득한 방으로 붉은 가면에 검붉은 장포를 입은 거구의 사내가 들어왔다.

붉은 가면의 남자는 삼혈로의 서열 일위인 일석이었다.

그가 바닥에 한쪽 무릎을 꿇으며 예를 표했다.

"지존을 배알합니다."

목소리에는 공손함, 그리고 진심 어린 존경심이 가득 배어 있다.

석좌에 앉은 그림자의 남자가 손을 흔들자 일석이 몸을 일으켜 세웠다.

"청해에서 이곳까지 무슨 일이지?"

중원무림의 서북단에 위치한 청해에 근거지를 둔 일석이다.

가면 안의 붉은 안광에서 묘한 떨림이 보인다.

"…이석에게서 전보가 왔습니다."

"어떠한 것이지?"

그림자에 가려진 남자의 질문에 일석이 의아해했다.

가장 먼저 알 것이라 여겼는데 아무래도 전보가 도착하기 전에 자신이 먼저 당도한 듯했다.

사천에서 청해까지의 위치가 더욱 가까웠으니 충분히 그럴 만도 했다.

잠시 망설이던 일석이 입을 열었다.

"삼석이 부상을 당했습니다."

"삼석이? 그럴 리가……?"

"사천에 있는 이석의 근거지에서 치료 중에 있다고 합니다."

일석 역시도 전보가 날아온 주최는 이석이었다.

그녀의 부상을 치료하는 것과 동시에 절곡에서의 정보가 담긴 전서를 조직의 각 간부들을 비롯해 지존인 '그'에게 보냈다.

하지만 거리의 차가 있다 보니 도착하는 시기가 달랐다.

"그녀가 부상을 입었다? 아무리 천음지체의 육신으로 아직 옮기지 못했다고 한들 현경의 경지에 올랐을 텐데."

삼혈로 중에서 무공에 있어서는 극성을 이루지 못한 삼석이다.

그렇다고 해도 무공의 극이라 불리는 현경의 경지에 올랐다.

적어도 중원무림의 오황급에 해당하는 실력을 지니지 못하면 상처조차 내기 힘들다.

"동검귀인가?"

동무림의 최강자이면서 무림의 이단자가 불리는 동검귀.

그는 중원무림에 우호적이지 않지만 함께할 것을 접촉한 조직에도 전혀 우호적이지 않는 자다.

제멋대로인 그자라면 충분히 가능성이 있었다.

"아닙니다."

"그렇다면… 설마 그자가?"

지존이 삼인칭으로 지칭하는 자가 누구를 의미하는지 잘 알고 있다.

하지만 그는 절대로 아니었다.

일석이 고개를 저으며 말했다.

"그것도 아닙니다. 누구도 예상하지 못한 자입니다."

"예상하지 못해?"

"지존의 심기를 건드릴 수 있기에 조심스럽습니다."

사실 이미 알고 있을 거라 생각하고 차후 대책을 논의하기 위해 지존을 배알한 것이다.

하지만 이 사실을 알게 될 그의 분노를 감당하자니 조심스러웠다.

적어도 그자에 관한 분노는 지존에게 있어서 천 년의 한이었기 때문이다.

"본좌의 심기를 건드려?"

스르륵!

"지존, 삼혈로의 이석에게서 일급 전서구가 도착했습니다."

아주 공교로운 일이 벌어졌다.

바닥의 그림자에서 복면인이 나타나며 전서가 도착했음을 알렸다.

붉은 인장이 찍혀 있는 전서구는 다급한 상황이면서 중차대한 사항을 의미했다.

그림자에 가려진 남자가 손을 내밀자 전서구가 빨려들어왔다.

남자가 돌돌 말려 있는 전서구를 펴서 내용을 살폈다.

한참을 읽어 내려가던 전서구를 들고 있는 남자의 손이 떨려왔다.

부들부들!

"놈이… 놈이… 부활했나?"

그것은 두려움이 아닌 극한의 분노에 가까웠다.

남자가 감고 있던 두 눈을 뜨자 손에 들고 있던 전서구가 불타올라 재가 되어버렸다.

어둠 속에서 밝게 빛나는 짙고 붉은 안광.

그것은 여타의 부활자들과 다르게 불길하면서도 소름이 끼칠 만큼 사이한 기운마저 머금고 있었다.

화르르르! 쿠르르르르르!

남자가 분노하자 방 안의 전체가 지진이 난 듯 흔들렸다.

그리고 벽면을 가득 메우고 있던 촛불 역시도 꺼질 듯이 불씨가 흔들리며 약해졌다.

"크헉!"

"으아아아악!"

이 같은 상황에 갑자기 일석을 비롯한 검은 복면인이 바닥에 무릎을 꿇었다.

얼마나 고통스러운지 바닥을 구르는 검은 복면인.

일석 역시도 고통을 이기지 못하고 가면의 틈새로 피가 흘러내렸다.

"지, 지존!"

일석이 피를 토하면서도 그를 만류하기 위해 소리쳤다.

무너질 것처럼 흔들리던 방의 진동이 어느새 멈춰져 있다.

오장육부가 터져 나갈 것처럼 고통스럽게 짓눌리던 통증도 사라졌다.

조금만 늦었다면 정말로 큰 사달이 일어났을지도 모른다.

"헉, 헉……."

일석이 아무런 움직임이 없는 복면인의 심장 부근에 손을 갖다 대었다.

'아아……'

이미 숨이 멎었는지 복면인의 심장이 멈춰 있다.

절세고수인 일석조차도 버티지 못한 남자의 진노를 복면인이 버틸 리가 만무했다.

일석이 몸을 일으켜 붉은 안광을 내뿜고 있는 남자를 바라보았다.

"멍청한 짓을 했군."

"네?"

"그자가 고작 흑마광풍진 따위에 제압당할 것 같으냐."

"하지만 그 진법은 지존께서도 인정하셨……."

"쓸 만하다는 말이 언제 인정으로 바뀐 것이지?"

남자는 전서구에 적혀 있는 내용이 터무니없다고 여겼다.

다른 사람은 몰라도 그는 천마를 직접 상대한 경험이 있었다.

지금의 그가 어떻게 달라졌는지 몰라도 만약에 과거의 힘과 전혀 다를 바가 없다면 흑마광풍진 따위는 도리어 쉽게 제압할 것이다.

"그럼 흑마대를 다시 철수시킬까요?"

"늦었다."

"늦었다고 하심은……."

"상해에서 가장 가까운 녀석들을 무슨 수로 다시 회군시킨단 말이냐."

흑마대의 거점은 강서성이었다.

상해에 인접해 있는 부대를 보냈기에 지금 당장 전서구를 보내도 족히 한 달은 넘게 걸린다.

쉽게 노기가 가라앉지 않는 남자에게 일석이 말했다.

"지존, 그자가 비록 강하다고 하나 천 년 전의 일입니다. 지금 저희의 전력이라면… 허억!"

쿵!

붉은 안광만이 보이는 남자가 손을 내밀자 사방으로 공력이 일어나 일석의 몸에 강한 압박감이 생기며 강제로 무릎이 꿇리고 말았다.

'아아, 지존이 숨을 쉬는 것처럼 공력을 다루시는구나.'

남자의 공력을 다루는 힘에 내심 감탄하게 되는 일석이다.

해가 갈수록 훨씬 강해지고 있었다.

남자가 낮게 깔린 목소리로 입을 열었다.

"본좌의 천 년의 분노를 가벼이 여기는 게냐?"

"그, 그것이 아닙니다. 속하가 지존께 누를 범했사옵니다."

쿵쿵!

일석이 바닥에 세차게 머리를 박으며 말했다.

그의 가면에 금이 가고 일부분이 깨지며 그 속이 보였다.

거구의 덩치와 어울리지 않는 하얀 수염과 주름이 가득한 얼굴이다.

남자는 계속해서 쉬지 않고 피가 흐를 때까지 머리를 박고 있는 일석의 행동을 제지하지 않았다.

"그러고 보니 일석은 놈과 한 번도 겨뤄본 적이 없겠군."

"…당시 속하는 검문과 검선을 상대했습니다."

"그렇군. 한 번도 놈을 보지 못했군. 그 심연과도 같은 어둠을……"

검선이 타오를 것 같은 태양과도 같은 사내라면 남자의 기억 속에 그자는 어둠 그 자체였다.

빨려들어 갈 것 같은 어둠.

그 어둠은 천 년 동안이나 그를 가둬두고 한(恨)을 맺게 만들었다. 죽어서도 다시 살아나서도 잊지 못할 그 이름.

천마(天魔).

스르르륵!

일석을 압박하던 기운이 사라지며 그의 몸이 세워졌다.

그런 그를 바라보며 남자가 말했다.

"하지만 그때의 경이롭던 적이 지금도 경이로운지는 시험을 해봐야겠지. 그 당시의 수준이라면 복수가 부질없어지니 말이야."

그의 머릿속 천 년 전의 모습 그대로라면 천마는 자신의 적수조차 되지 못한다.

한을 풀기 위해서라면 적어도 그 당시의 수준을 넘어서 줘야 한다.

과신과 오만에 차 있는 적을 산산이 부숴야 그의 한을 풀

수 있었다.

'지존의 한은 여전히 풀리지 않았구나. 하지만 과거에도 그 자에 대한 집착으로 교 전체가 멸망의 기로에 들어섰다.'

일석은 진심으로 조직의 안위가 걱정되었다.

"삼석이 회복되는 대로 본 단으로 불러라."

"존명!"

"그리고 대업은 예정대로 계속 진행된다. 과거의 우를 범할 필요는 없겠지."

"아아아아! 존명!"

혹여 지존이 천마에 대한 복수심에 휩싸여 대업을 등한시할까 두렵던 일석은 진심으로 다행이라는 생각이 들었다.

일석이 촛불로 가득한 방을 나가자 남자는 품속에서 반으로 갈라진 옥패를 꺼내 들고 알 수 없는 눈빛으로 그것을 바라보았다.

한편, 상해의 어촌 마을에서 멀지 않은 남쪽 해변의 절벽.

평소라면 파도 소리와 바다의 향으로 가득할 이곳이 피비린내로 요동쳤다.

사방에는 온통 검에 찔리고 베인 시신들로 가득했다.

격렬한 전투의 흔적으로 가득한 이곳에서 느낄 수 있는 것은 오직 죽음뿐이었다.

살아 있는 어떠한 것도 발견할 수 없을 것 같던 이곳에 아직 죽지 않은 무언가가 있었다.

꿈틀!

수많은 시신들 틈 사이에서 뭔가가 움직였다.

불쑥 손이 뻗어 나오더니 자신을 가리고 있던 시신들을 밀어내고 빠져나왔다.

붉은 혁대를 차고 있는 복면인이었다.

복면인이 머리에 쓰고 있던 복면을 벗어던지며 긴 숨을 내쉬었다.

"하아……."

호흡을 멈추고 귀식대법(龜息大法)을 펼쳐 겨우겨우 버텼다.

혹시나 떨리는 심장 소리가 들리지 않을까 두려움으로 떨던 그다.

다행히 거친 파도 소리가 그의 두려움에 찬 심장 소리를 문히게 만들었다.

"괴물 자식……."

아까를 떠올리면 아직도 온몸에 소름이 돋았다.

일방적인 학살과도 같았다.

그의 앞에선 무공의 경지 혹은 검법, 도법 실력 등 아무것도 소용없었다.

마치 도살장에 끌려간 가축을 베는 것처럼 복면인들을 전부 베고 찔러 죽였다.

으득!

입술을 깨물었다.

죽은 동료들의 시신을 보면서 망연자실했다.

그러다 이내 자신이 해야 할 일을 깨달았다.

"돌아가서 놈의 위험함을 알려야… 아?!"

그때 그의 눈앞에 서 있는 한 사내를 발견했다.

순간 천마일지도 모른다는 생각에 당황스러웠지만, 죽립을 쓰고 있는 모습에 안도의 숨을 내쉬었다.

그런데 저 정체 모를 죽립인은 어째서 이곳에 있는 것일까.

그런 죽립인에게서 목소리가 들려왔다.

"검혼에 담긴 식부터 초까지 경이로울 정도로 군더더기가 없고 아름답군."

죽립인은 감탄했다는 듯한 말과 함께 고개를 끄덕이고 있었다.

그런데 갑자기 죽립인의 신형이 그의 앞으로 다가왔다.

"허억?"

"이런 완벽한 작품 속에 흠이 있었군."

바로 밑에서 위를 쳐다보고 있기에 사내의 눈에는 죽립인의 얼굴이 뚜렷이 보였다.

창백한 얼굴에 중년으로 보이는 얼굴임에도 수염 하나 없는 남자였다.

생기가 없는 눈으로 내려다보는 남자의 눈빛은 공허하기 짝이 없었다.

"귀, 귀하는 누구시오?"

"그건 당장에 죽을 그대가 알 바가 아닌 것 같네."

"뭐, 뭣?"

어느새 죽립인과 사내의 주위로 죽은 복면인들의 검이 허공에 떠 있다.

놀라운 광경에 붉은 혁대를 차고 있는 사내의 얼굴이 하얗게 질려 버렸다.

산 넘어 산이라고 했던가.

괴물이 갔다고 다행이라 여겼는데 그에 못지않은 괴물이 나타났다.

"제, 제발……."

푸푸푸푸푸푹!

애절하게 비는 사내의 온몸에 매정하게 검들이 꽂혔다.

"크허어어억, 어찌… 어찌 이렇게……."

사내는 고슴도치처럼 수많은 검에 꽂혀 죽음을 맞이하고 말았다.

그런 사내의 시신을 뒤로하고 죽립인이 의미를 알 수 없는 말을 중얼거렸다.

"그자라면 나에게 안식을 줄 수 있을 텐가."

식은땀을 흘리며 잠들어 있는 백양.

침상에 누워 있는 그녀를 바라보는 약선 백오의 눈빛은 씁쓸하기 그지없었다.

하나뿐인 딸이 정체 모를 조직의 꾐에 빠져 이런 고통을 겪고 말았다.

차라리 붙잡고 협박을 하느니만 못했다.

'못된 놈들, 한 아이의 마음을 가지고 놀다니……'

보가원을 찾아온 환자들에게 그동안에 있었던 일을 듣게 되었다.

약선이 부재한 후로 혼자서 의료원을 꾸리던 백양.

아무리 재능이 뛰어난 그녀라고 해도 일손이 부족할 수밖에 없었다.

그러던 차에 약선의 의술을 배우기 위해 찾아왔다는 청년 유백.

워낙 약선의 명성으로 인해 그의 의술을 배우고자 하는 의원이 많았기에 백양은 아무 의심도 하지 않았다.

약선이 돌아올 때까지 남아서 그녀의 일을 돕겠다는 말에 백양은 선뜻 그의 호의를 받아들였다.

절강성 출신의 의원이라고 하는 유백의 도움으로 한결 편해진 그녀는 젊고 훤칠하면서 친절한 그에게 빠져들었다고 한다. 나이 많은 어부들이 잘 어울리는 한 쌍이라며 보탠 것도 컸다.

'못난 것, 그만큼 정이 그리웠던 게냐.'

정을 그리워해 사랑에 빠진 그녀의 이야기는 불행한 결말을 맞이했다.

천마가 그를 쫓아갔으니 이제 시신으로 돌아올 것이 틀림었다.

약선이 그녀의 이마를 쓰다듬었다.

'이 애비가 이제부터라도 너를 보살펴야겠구나.'

그때 보가원의 마당 쪽에서 뭔가 큰 짐이 떨어지는 소리가 들려왔다.

쿵! 쿵!

약선은 무슨 일인가 싶어 방 밖으로 나가보았다.

보가원의 앞마당에 널브러진 채 쓰러져 있는 두 명의 남자가 있다.

한 명은 붉은 혁대에 복면을 쓰고 있는 자였고, 한 명은 백색 의복을 입은 유백이었다.

"우욱!"

약선은 지독한 혈향에 코를 막았다.

널브러진 사내들 앞에 천마가 서 있었는데, 그의 흑색 장포가 피에 젖어 있고 보가원 마당 전체에 지독한 피비린내가 진동했다.

'대체 뭘 했기에 이런 피비린내가……'

이 정도로 피비린내가 나려면 수많은 사람을 베어야 할 것이다.

천마는 귀찮다는 듯 의료원의 평상에 앉아 곰방대의 담배에 불을 붙였다.

"후우~"

담배 연기를 내뿜는 천마에게 약선이 당혹스러운 표정으로 물었다.

"이 시신들은 대체 왜 가져온 것이오?"

워낙 피비린내가 진동했기에 당연히 바닥에 널브러진 두 사내는 죽었으리라 여겼다.

설마 저 같은 호인이 치료하려고 데려왔을 것 같진 않았다.

하지만 예상은 틀렸다.

"아직 안 죽었다."

"뭐요?"

약선이 두 사내의 맥을 짚어보았다.

천마의 말대로 미약하지만 두 사람의 맥은 여전히 뛰고 있었다. 단지 부상으로 인해 기절한 듯했다.

"아니, 이, 이자들을 대체 왜 데려온 것이오?"

한 명은 딸을 희롱한 자이고 다른 한 명은 복색을 보아 절 곡에서 본 그 조직의 일당이 틀림없었다.

이해할 수 없다는 표정을 짓는 약선에게 천마가 연기를 뿜 으며 말했다.

"이게 내 조건이다."

"…뭐요?"

약선의 어안이 벙벙해졌다.

그런 그에게 천마가 의미심장한 목소리로 말했다.

"의서에서 삼대금서를 보았다지?"

그 말에 약선의 얼굴이 딱딱하게 굳어졌다.

삼대금서(三代禁書).

혼백진경(魂魄眞經), 오단진서(汚段眞書), 태평요술서(太平妖術 書)를 통틀어 중원의서의 삼대금서로 일컫는다.

이 책들은 의학의 정도라기보다는 좌도방문에 가까웠다.

인간의 혼백을 다룬 혼백진경.

현 의서에 나오지 않는 갖가지 좌도방문 의술을 적어놓은 오단진서.

남화노선(南華老仙)이 황건적의 수장인 장각에게 넘겼다는 혼과 술법, 의술 등을 다루는 태평요술서.

이 같은 책들은 의서로서 금기시되었다.

물론 실제로 오단진서를 제외한 두 책은 중원 어디에서도 구하기가 힘들다.

"…그걸 누구에게 들었소?"

약선은 평생 이 사실을 누구에게도 발설하지 않았다.

단 한 사람을 제외하면 말이다.

"그게 중요하나?"

"단 한 사람에게밖에 얘기를 안 했으니 말이오."

"그럼 그 사람이 맞겠지."

"사타, 이 노망난 늙은이가!"

으득!

약선이 분에 겨운지 상기된 얼굴로 입술을 깨물었다.

그가 유일하게 사타에게 말한 것도 반쯤은 술김에 고백한
것이다.

같은 의술의 길을 걸어가는 동도였고, 같은 시기에 명성을
떨치고 정사를 대표하는 호적수로 인정했기에 알려준 것이다.

자존심이 강한 사타가 자신에 관한 이야기를 누구에게도
발설하지 않을 것이라 믿었는데 천마의 입에서 삼대금서가 거
론되니 화가 났다.

'세상에 믿을 놈 하나 없다더니……'

삼대금서를 접했다는 소문이 중원에 퍼지면 그의 명성에
금이 간다. 정도 최고의 의원이라 불리는 그의 의도가 어찌
되었든 좌도방문에도 손을 댄 것이니 말이다.

"훗, 늙은이, 네놈이 삼대금서를 본 것을 탓하려는 게 아니다."

"그게 무슨 말이오?"

"어차피 무공이든 의술이든 최고의 경지에 이르기 위해서는 정도만 파헤쳐서 될 것 같나. 그 이면의 것도 알지 못하면 결국 한쪽으로 치우치고 말지."

"아……."

"어둠이 없다면 빛이 빛이라 불릴 것 같나. 어둠 역시도 빛이 없다면 어둠이라 불릴 수 없지. 결국 양면을 깨달아야만 더 높은 경지를 밟을 수 있지. 그런 점에서 늙은이 네놈은 훌륭하다 할 수 있다."

천마의 칭찬에 조금 전까지 노기로 가득하던 약선의 두 눈이 흔들렸다.

약선은 의술에 있어서 보통의 의원들에 비해 욕구가 남달랐다.

의술의 정도만 파서는 그 욕구를 전부 채울 수 없었다.

사람을 치료하는 학문을 공부하면 그 끝인 인간의 탄생과 죽음의 본질적인 부분에까지 다가가게 되어 있다.

그 강렬한 욕구와 호기심은 결국 약선으로 하여금 삼대금서마저 손대게 만들었다.

"이리 이해를 해주니 뭐라고 말해야 할지 모르겠구려."

칭찬에 누그러진 약선의 표정은 한결 밝아져 있었다.

다른 사람이 말했다면 씨알도 먹히지 않았겠지만 무림의 전설적인 인사에게서 인정을 받았다는 생각에 내심 기분이 좋아진 것이다.

"흠흠, 대체 이 늙은이에게 무엇을 부탁하려는 것이오?"

스스로 주책맞다고 생각했는지 약선이 헛기침을 하며 물었다.

삼대금서를 거론했다는 것은 일반적인 질문이 아니리라.

"이놈들을 봐라."

천마가 바닥에 쓰러져 있는 자들을 손으로 가리켰다.

"이들이 어쨌단 말이오?"

"늙은이, 죽은 자들이 부활하는 것이 가능할 것 같나?"

천마의 뜬금없는 질문에 약선의 표정이 짐짓 진지해졌다.

그것은 의술의 길을 걷는 자들의 영원한 화두였다.

죽은 자를 다시 부활시킨다는 것은 죽은 육신을 되살림을 말하고, 떠난 혼백을 다시 불러오는 만물의 법칙을 깨뜨리는 행위였다.

대답하기를 망설이는 약선에게 천마가 다시 되물었다.

"가능할 것 같나?"

"…이론적으로 불가능한 것은 아니오."

한 번도 시도해 본 적 없다.

그는 의원이지 술법을 탐하는 술법가나 주술사가 아니기

때문이다.

그가 힘들게 구한 혼백진경과 태평요술서에도 죽은 자를 되살리는 술법에 대해 거론되어 있었다. 하지만 이 책들에서 유일하게 공통적으로 거론하는 것이 있었다.

"단지… 이미 죽어버린 육신을 다시 살리는 것은 인간의 영역이 아니오. 쇠한 것을 되돌리는 것이니 말이오."

한 번 죽은 육신을 되살리는 것은 불가능했다.

그것은 삼대금서에서도 선인이나 신불의 영역이라 일컫고 있었다.

"오직 되돌릴 수 있는 것은 혼뿐이오. 모든 생명에 있어 혼(魂)은 불멸임을 금서에서도 말하고 있소. 백(魄)은 육신에 남아서 결국 흙이 되오."

"흠, 그런가?"

고개를 끄덕이며 답하는 천마의 표정을 보며 약선은 의아해했다.

정말 천마가 자신의 말을 이해해서 답하는지 도통 알 수가 없었다. 삼대금서를 탐구한 자신조차도 혼백에 관해서는 여전히 의문스럽고 어려운 영역이었다.

"아무튼 죽은 자를 되살린다는 것은 완벽히 행할 수 있는 것도 아니오. 엄밀히 얘기하면 멀쩡한 육신에 죽은 혼을 가져오는 요행을 벌여야 가능하오. 그것도 그 육신과 맞지 않으면 부작용이 있을 수밖에 없소."

"부작용?"

"그렇소. 육신에 남아 있는 백(魄)과 맞지 않으면 표시가 날 수밖에 없소."

"가령?"

"흠, 두 눈이 붉어진다거나 그런 현상이 일어날 것이오."

"두… 눈이 붉어져?"

천마의 두 눈이 반짝였다.

확실히 약선은 삼대금서를 제대로 탐구한 자가 틀림없었다.

곧장 원하는 바를 물을까 했지만 그가 알고 있는 부분을 먼저 듣고 싶었다.

"절곡에서의 강시들을 기억하시오?"

약선의 물음에 천마가 담배 연기를 내뿜으며 고개를 끄덕였다.

원래 강시는 죽은 육신에 넋이 강한 혼(魂)이 빠져나가지 않아서 발생하는 법칙의 균형이 흔들리면서 생겨나는 초자연적인 현상이다.

보기 드문 현상이지만 이것을 강제로 일으킨 것이 절곡에서의 조직이 벌인 짓이었다.

"강시들의 두 눈이 굉장히 붉지 않았소?"

"그랬지."

"원래 자연적으로 발생한 강시들은 눈이 붉지 않소. 단지 그것들은 본래의 육신이 아닌 것에 타인의 혼이 들어갔기 때문에 그리된 것이오."

"타인의 혼이 들어가서 그렇단 말이냐?"

천마가 눈을 가늘게 뜨고 물었다.

마교에 남아 있던 혈교의 주술서에 적혀 있지 않은 부분이다.

두 눈의 동공이 붉어지는 현상은 그저 죽은 자를 살리면서 나타난 표식으로 알고 있었다.

"그렇소. 혼백과 육신은 본시 삼(三)이라 하여 균형을 이루게 되어 있는데 그것이 깨지게 되면서 나타나는 현상이오."

"삼?"

하늘로 돌아간다 하여 혼은 천(天)을 의미한다.

육신에 남아서 조용히 흙으로 돌아가는 백(魄)은 지(地)를 말한다. 마지막으로 육신은 인(人)이라 하여 천지인 삼(三)의 균형을 이루게 되는 것이다.

"그건 반드시 그런 것인가?"

천마가 이런 질문을 하는 것은 자신의 현상 때문이었다.

그의 동공은 붉지 않았다.

처음에는 짙게 빛나던 붉은 안광이 어느 순간부터 거의 사라져 버렸다.

약선의 말대로라면 원래 사마영천의 육신과 자신의 혼이 다르기 때문에 동공의 색이 여전히 붉어야만 한다.

"혼백진경과 태평요술서 두 금서에서 전부 그리 말하니 그렇지 않겠소? 절곡에서 그 강시들을 보면 확실하오."

약선이 직접 술법을 행해본 적은 없지만 두 금서에서도 동일하게 서술되어 있고, 그 수많은 강시 중에 눈이 붉게 변하지 않은 경우가 없었기에 확실하다고 여겼다.

"만약에 그 부작용이라는 것이 없어지는 경우도 있을 수 있나?"

"만약이라……. 흐음, 그럴 순 없을 것이오. 본인의 육신이 아닌데 혼이 완전히 균형을 이룬다는 것은 불가능하오."

약선은 확실하게 불가능하다고 말했다.

천마의 말대로라면 삼의 균형이 맞아야만 가능했다.

수많은 사람 중에서 완전히 동일한 모습을 하고 있는 사람조차 있을 수 없는데 타인의 혼백과 육신이 맞은 경우는 도저히 있을 수가 없었다.

"그런 경우가 있다면 이 늙은이의 손에 장을 지지겠소."

"호언이 과한데? 후회하지 않겠나?"

"확실하니 그런 것이 아니겠소."

이에 천마가 피식 웃고는 말했다.

"내가 그러하다."

"응? 그게 무슨 말이오?"

"내가 그 부활한 자라고 말하는 것이다."

"…뭐요?!"

천마의 말을 제대로 이해하지 못한 약선은 뒤늦게 알아들었는지 화들짝 놀라며 그의 두 눈을 뚫어지게 쳐다보았다.

처음 절곡에서 보았을 때 천 년 전의 인물이라는 말에 그가 반 선인이 되었거나 무공의 끝을 보아서 여태까지 살아 있다고 여긴 약선이다.

"말도 안 돼. 어찌 이런 일이……."

약선은 망연자실한 눈빛으로 천마를 바라보았다.

천마의 두 동공은 붉은 빛은커녕 여느 사람들과 다를 바 없는 갈색을 띠고 있었다.

*   *   *

"나 역시도 부활했다. 그런데 왜 나의 눈은 붉지 않지?"

호언장담을 한 약선은 당황스러움을 금치 못했다.

스스로 손에 장을 지진다고 말했는데 설마 그 불가능하다고 여긴 예외의 대상자가 눈앞의 천마일 거라고는 상상도 하지 못했다.

천마가 왜 죽은 자의 부활에 대해 물었는지 그제야 의문이 풀리는 그였다.

'허어, 본인이 부활했기에 물은 것이었구나.'

천 년 전에 활동한 마도의 대종주이자 마교의 시조인 천마이다.

그런 그가 천 년 동안 늙지도 않은 채 오랜 세월을 버텨왔고, 심지어 약관에 불과한 젊은 육신이라는 것이 이상하긴 했다.

'혹시 천마 본인이 아닌 것은 아닐까?'

오히려 그럴 확률이 더 높아 보였다.

두 눈이 붉어지지 않았는데 육신에 천마의 혼이 들어왔다는 것이 믿어지지 않았다.

강시들이야 눈으로 봐서 믿겠지만 실제로 죽은 자의 혼이 타인의 몸에 들어온 것을 보지 못했으니 쉽게 믿음이 가지 않았다. 약선이 의심의 눈초리를 보이자 천마가 같잖다는 표정을 지었다.

"장을 지지긴 싫나 보군. 억지로 사실을 회피하는 것을 보니."

"그, 그럴 리가 있겠소, 크흠!"

괜한 호언장담을 했다는 생각이 들었다.

자신도 이론만 알고 있는 분야이다 보니 뭐라고 설명해야 할지 난감하기 그지없었다.

"그럼 어째서 내 눈이 붉지 않은지에 대해선 설명을 할 순 없나?"

"그, 그건……."

"설명할 수 있다면 장을 지지는 것은 유보하도록 하지."

'유보?'

약선이 황당하다는 표정을 지었다.

장을 지지지 않게 하겠다는 것도 아니다.

"뭔가 와 닿지 않나 보군."

천마가 싸늘한 얼굴로 입꼬리를 올리더니 의료원의 약방으로 손을 뻗자 침을 담는 철판이 빨려들어 왔다.

처음 보는 허공섭물(虛空攝物)의 신기에 약선의 입이 떡 벌어졌다.

'철판은 대체 왜……?'

빨려들어 온 철판에 천마가 손끝으로 진기를 불어넣자 놀라운 현상이 벌어졌다. 처음에는 들썩거리며 떨리던 철판이 어느 순간 붉게 물들기 시작했다.

그것은 극양의 신공인 현천신공의 효과였다.

'헉! 철판이 달궈지다니?'

천마의 철판마저 달굴 정도의 심후한 공력에 또 한 번 감탄했다.

문제는 저 달군 철판의 용도가 극명하다는 것이다.

치지지지지!

달궈진 철판에 마당에 떨어져 있던 나뭇잎 하나를 올려놓자 순식간에 재가 되었다.

"침을 놓아야 하는 귀한 의원의 손끝을 지지면 어찌 될지 나는 모르겠군."

약선이 침을 꿀꺽 삼켰다.

다른 이의 말이라면 농담이라고 치부할 수 있겠지만 저자는 정말로 그렇게 할 위인이었다.

조급해진 약선의 손이 떨려왔다.

삼대금서를 읽은 지도 벌써 십여 년이 지났다.

아무리 똑똑한 약선이라고 해도 그 오래전에 공부한 것이 전부 기억날 리 만무했다.

더군다나 의술에 관련된 부분이 아니면 단순히 읽는 것에 그쳤다.

'떠올려라. 떠올려라.'

사람이 극한의 상황에 이르면 원래의 능력 이상이 발휘된다고 하던가. 한참을 고민하던 약선이 뭔가를 떠올렸다.

'아!'

약선의 멸문한 의선 동가는 의술이 뛰어난 세가였지만 엄밀히 말하면 무림세가였다. 그렇기에 기본적인 무림사에 관한 것은 어느 정도 숙지하고 있다.

중원무림 역사상 우화등선을 했다고 알려진 자는 다섯 손가락에 꼽힌다.

그중 한 명이 바로 천마였다.

"아, 알 것 같소! 은공의 눈이 왜 멀쩡한지 그 이유를."

찌릿!

그때 천마의 감각에 뭔가가 찔러들었다.

'이건?'

해답을 떠올린 약선이 미처 그것을 말하기도 전에 벌어진 일이었다.

천마가 놀란 표정을 지으며 급히 손을 뻗었지만 그것이 먼저 도달했다.

푹!

"크헉!"

약선을 향해 창 하나가 날아와 그의 어깨를 강타했다.

그와 동시에 약선의 작은 노구가 창과 함께 날려가 보가원의 담장 벽에 꽂혔다. 어깨를 관통한 창에 몸이 매달린 꼴이 된 약선은 얼마나 고통스러운지 얼굴이 새하얗게 질려서 꿈틀대더니 이내 기절해 버렸다.

주르르륵!

담장 벽으로 많은 피가 흘러내렸다.

계속 저 상태로 둔다면 약선은 출혈 과다로 죽게 될 것이다.

"젠장!"

천마가 짜증스러운 표정을 지으며 관통해 있는 창을 뽑으려 담장으로 다가가려 했다.

그 순간 거대한 기운을 가진 존재가 나타나 그 앞을 가로막았다. 등에 큰 짐을 메고 죽립을 쓴 남자였다.

아주 날카롭게 벼려진 하나의 검을 보는 것 같았다.

"네놈, 대체 뭐냐?"

죽립인은 가만히 서 있는 것만으로도 천마의 모든 감각을 자극할 정도로 그 기세가 강했다.

부활해서 지금까지 본 자들 중에서 단연코 최고라 할 만했다. 이 기세는 오황 중 일인이던 남마검 마중달이 검기를 일으켜 그를 위협했을 때의 기운에 버금갈 정도였다.

"나에 대해 알 필요는 없는 것 같소."

"뭐?"

"그저 그대는 본인과 생사의 결투를 해줬으면 하오."

"무슨 헛소리를 지껄이는 거냐?"

"본인은 진지하게 한 말이오."

갑자기 나타나 생사의 결투를 하자는 말에 천마가 어이가 없다는 표정을 지었다.

대체 이 남자의 정체가 무엇이기에 자신을 자극하는 것일까. 죽립에 얼굴이 가려져 대체 무슨 속셈인지 알 수 없어 원영신을 열어보았지만 강렬한 투기만이 느껴질 뿐이다.

천마는 잠시 고민했다.

'저 늙은이가 버틸 수 있을까?'

담장을 따라 흘러내리는 피만 보아도 출혈이 보통이 아니다. 아무래도 눈앞의 죽립인을 상대하다 보면 정말 많은 시간이 지체될 것 같았다.

절대로 가벼이 여길 자가 아니었다.

"후우, 좋다. 네놈의 뜻대로 해주지. 그전에 할 게 있다."

"말하시오."

"네놈 뒤에 그 늙은이는 일단 내려놓고 시작하지."

아직 약선에게 중요한 말을 듣지 못했다.

그를 죽게 내버려 둘 수 없는 천마는 그에게 협상을 유도했다. 얼마든지 겨뤄줄 테니 그를 풀어달라는 의미였다.

그래도 목적이 자신과 겨루는 것이라면 어느 정도 말은 통할 거라 여겼는데·죽립인에게서 나온 말은 천마를 터무니없게 만들었다.

"그럴 순 없소."

"뭐?"

"그는 그대를 자극하기 위한 제물이니까."

천마를 자극하기 위해서 그의 어깨를 관통시켰다는 의미이다. 황당한 대답에 천마의 표정이 싸늘하게 굳어갔다.

"…네놈, 지금 뭐라고 지껄이는지는 알고 있는 것이냐?"

"그렇소. 본인은 그대의 전의를 최대로 끌어 올리려는 것이니까."

그렇게 말한 죽립인이 뒤를 향해 손을 뻗자 약선의 어깨를
관통한 창이 뽑혀져 나갔다.

쑤욱!

창이 뽑히자 그 출혈량은 방금 전과는 비교도 할 수 없었
다. 약선의 상의가 피로 붉게 물들다 못해 마당 바닥이 흥건
히 젖기 시작했다.

"빨리 지혈하지 않으면 이 노인은 금방 죽을 것이오."

"후우……."

천마가 들고 있던 곰방대의 담배를 한 모금 빨더니 연기를
내뱉었다.

자욱한 연기를 내뱉은 그가 거친 목소리로 말했다.

"미친 새끼, 곱게 죽을 생각은 버려라."

그 순간 천마의 신형이 번개처럼 죽립인에게로 쇄도했다.

어느새 최상의 공력으로 운기를 마친 천마의 양손에 하얀
강기가 맺혀 있었다.

"흥!"

강기로 이뤄진 양손으로 펼치는 절세의 초식.

왼손은 부드러운 현천유장의 장결, 그리고 오른손으로는 투
호권강의 강권이 펼쳐졌다.

부드러움과 강함을 겸비한 양대 초식이 쇄도한 상황임에도
불구하고 죽립인의 입가로 미소가 맴돌고 있다.

"좋아!"

순간 죽립인이 등에 지고 있던 짐을 풀어내자 큰 철갑이 모습을 드러냈다.

그는 철갑에 공력을 주입해 회전시켰다.

까강!

천마의 강기가 실린 장과 권이 회전하고 있는 철갑에 적중했다. 놀랍게도 강기의 위력에 부서져야 할 철갑이 부서지지 않고 멀쩡히 계속 회전했다.

'한철로 만들어진 것인가?'

철갑은 일반 철로 만든 것이 아니었다.

강기를 흡수할 만한 재질은 오직 한철뿐이다.

한철로 만들어진 방패나 무구에 심후한 공력이 실리면 강기로 이루어진 공격에 버텨낼 수 있었다.

'그냥 덤비는 것은 아니란 말이군.'

서둘러서 그를 제압해야 하는 상황인 천마였다.

천마는 회전하는 철갑에 공격이 막히자 방법을 바꾸었다.

그가 검지를 내밀자 날카로운 검기가 일어나 회전하는 철갑의 틈을 파고들었다.

팡!

그때 죽립인이 철갑의 한가운데를 손바닥으로 쳤다.

그러자 놀랍게도 철갑이 틈새가 열리며 사방으로 분해되더니 그 안에서 열 자루의 보검이 튀어나왔다.

하나하나의 검이 단순한 검이 아니었다.

천마가 검지로 펼친 검기에 변화를 주어 분해된 철갑을 피해 공격했지만 열 자루 보검의 검날에 상쇄되었다.

"그자와의 싸움 이래로 오랜만에 써보는 십방검법(十方劍法)이군."

"십방검법?"

둥둥!

죽립인이 양손을 내밀자 그의 주위로 열 개의 보검이 살아 있는 것처럼 허공에 둥둥 떠 있다.

그 놀라운 광경에 천마의 표정이 심상치 않았다.

무공에도 수많은 경지가 존재한다.

천마와 같이 기로써 검을 부리는 자가 있다면 유형의 검을 기로써 부리는 자 역시도 존재한다.

유형의 검을 기로써 부리는 경지.

그것을 이기어검(以氣御劍)이라고 한다.

"이기어검이라……."

검으로 현경에 오른 자들이 완숙의 경지에 오르면 이기어검을 펼치는 것이 가능하다. 천마는 생전에 이기어검을 펼칠 수 있는 자를 단 한 명 보았다.

그는 자신의 평생의 호적수인 검선이었다.

"이 경지에 오른 후 최대로 발휘할 수 있는 검이 열 개였소. 부디 그대는 이것을 극복하길 바라오."

"미친 새끼."

의미를 알 수 없는 죽립인의 말에 절로 욕이 나왔다.

'적당히 할 상대가 아니군.'

천마의 눈빛이 날카로워졌다.

전력을 발휘하지 않을 수가 없는 상황이었다.

그가 손을 내밀자 보가원의 평상에 올려놓은 현천검의 검집이 빨려들어 왔다.

"현천."

챙!

천마의 오른손이 번쩍이며 현천검이 출초했다. 공력을 최대로 운기하자 현천검에서 강렬한 마기가 일어나며 검신을 휘감았다.

마기가 흘러나오는 현천검에서 심연과도 같은 어둠이 느껴지자 죽립인은 온몸에 소름이 돋는 것을 느꼈다.

"좋군."

그와 동시에 죽립인이 양손을 내밀자 그의 주위에 떠 있던 열 자루의 보검이 화살처럼 천마를 향해 쇄도했다.

보검은 단순히 날아오는 것이 아닌 살아 있는 것처럼 초식을 펼쳤다.

열 명의 고수가 절세 초식을 펼치듯이 천마를 압박했다.

"홍!"

천마가 현천검으로 검초를 펼치자 사방에서 웅장한 검기가 일어나 열 개의 보검이 펼치는 초식을 막아냈다.

찰나의 순간에 수많은 초식이 부딪쳤다.

열 자루의 검을 다루는 죽립인의 검술 실력은 정말로 귀신 같았다.

그만큼 정신을 분산시켜 검을 다뤄야 하기 때문이다.

'이놈 설마……'

정신없이 열 자루의 보검으로 펼쳐지는 이기어검을 막는 천마의 머릿속에 단 하나의 별호가 스치고 지나갔다.

오황의 일인이며 동무림의 절대자 동검귀의 별호가 말이다.

『천마님, 부활하셨도다』 7권에 계속…

초대형 24시 만화방

신간 100%, 샤워실, 흡연실, 수면실(침대석), 커플석, 세탁기 완비

■ 시흥 정왕25시점 ■

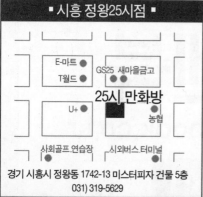

경기 시흥시 정왕동 1742-13 미스터피자 건물 5층
031) 319-5629

■ 강북 노원역점 ■

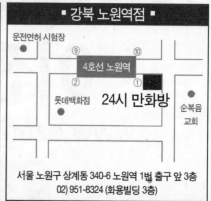

서울 노원구 상계동 340-6 노원역 1번 출구 앞 3층
02) 951-8324 (화용빌딩 3층)

■ 일산 정발산역점 ■

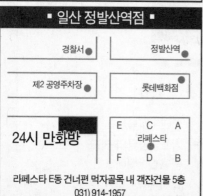

라페스타 E동 건너편 먹자골목 내 객잔건물 5층
031) 914-1957

■ 일산 화정역점 ■

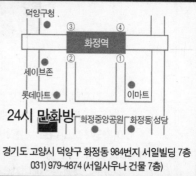

경기도 고양시 덕양구 화정동 984번지 서일빌딩 7층
031) 979-4874 (서일사우나 건물 7층)

■ 부천 역곡역점 ■

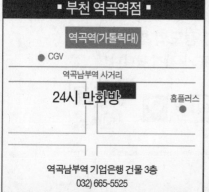

역곡남부역 기업은행 건물 3층
032) 665-5525

■ 부평역점 ■

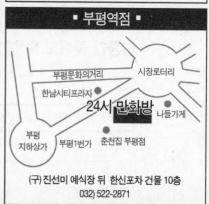

(구) 진선미 예식장 뒤 한신포차 건물 10층
032) 522-2871